女一代奮闘記

堤　一寿穂

文芸社

女一代奮闘記

◈

もくじ

なくした財布

　ここに来たのは昨年の夏で、河津の料理店「みさき屋」の社員旅行だった。店の主人と従業員十数名の修善寺への旅は、木々の美しさや風の音を思い出させて、妙子《たえ》の故郷である宮崎県都城《みやこのじょう》市での生活を思い起こすものがあった。「みさき屋」に勤務して二年目になるが、急な経営不振などにより店主から夏以降閉店の旨《むね》を聞いた。妙子はその衝撃を抱えながらも皆で行った修善寺が懐かしくなり、二泊のお休みを取って以前宿泊した所ではなく自分で、「旅館お食事　かねざき」と言う所を見つけて予約を入れておいた。「かねざき」は女性ひとりでも泊《とま》れる宿と言う宣伝が目を引き、電話応対もとても感じが良かった。妙子はタクシーが多い勤め先の環境との違いに少し違和感があったが、女性従業員の道案内に安心感があり、日頃の料理店でのお運びの忙しさやお掃除の大変さの労が自然によって、慰められていくようだった。タクシーの乗務員も感じ良く応対されて、少し会話をしたが「旅館お食事　かねざき」の看板を見ると、「ああ、こちらですね」と言って旅館の入口に止まっている車の前で車のドアが開いた。急に車が止まったので、妙子は少しあわてて精算をして車の外に出た。ふり返ろうとすると車のドアが急に閉まった。鞄が開いたままになっていたが、少々重くなっている旅行鞄を左腕に通し店の前まで来た。去って行った車の中には、妙子の財布があった。それを知らない妙子は旅館の女性従業員にお部屋を案内されてからも、雑談に花を咲かせていた。緑茶がみずみずしい緑を思い出させて、和菓子が母親との暮らしを思い出させた。先程の女性の年齢は二十六歳位で、妙子は身近に感じられるものがあった。名札は花村となっていた。部屋数は七部屋で、お風呂は男女別で一階にあった。旅館のパンフレットを見ていると食事が運ばれて来て、また先程とは別の女性が、「おビールなんて、飲まれませんわね、お茶をお持ちします」と言って、さっと立ち上がって去って行った。夕食は鮎《あゆ》の塩焼きに、豆腐とわかめの赤だし汁、鯉《こい》のあらいと筍の木の芽和えだった。妙子は鮎を見ると自分の勤める店との料理の違いを研究し、鮎料理を考えてみたい気がした。炊き込みご飯には里芋、にんじんが入っていて少し辛い目の赤だしに合っていた。いつもはへとへとになるまでお料理を運んでいるから、お客様になって寛《くつろ》いでいると、こんな気持ちで食べてもらっていたらな…と言う思いが胸の中にあって、「みさき屋」での二年間がもうこれからずっとはないと思うと、何となごり惜しく思われた。部屋に声が掛かり返事をすると、女性がお茶を持って現れた。女性はこなれた手つきでお茶の葉を入れ、「女性おひとりのお客様も、こちら多いんでございますのよ」と言って、勢い良く急須からお茶を注《そそ》いだ。そして、その後帯の間から名刺を取り出して、「私は崎岡千鶴子と申します、どうぞよろしく、あのう後程、御上《おかみ》も来ますので…」と言っている間にまた別の声がして、崎岡と言う女性が、「では、ごゆっくりと」と部屋を出た。入れ替わりに入って来られたのが、「かねざき」の御上だった。

「お客様よくお越し下さいました。私がこちら〝かねざき〟の主人で、兼崎道子と申します。何か宣伝でも…?」と言われたので妙子は、「はい、河津の店で電話帳を見ていまして、宣伝の言葉に安心感がありましたもので…」と答えた。御上は、「まぁ、そうですかぁ、こちらは温泉地ですから、やはり女性おひとりずつ大事にしたいと言う気持ちを持っています。まぁそうですか…あの、お店と言うのは…」と御上が聞いてきたので、妙子は自分の勤めている河津の料理店の事をちらっと言った。御上は、「まぁ、だからお料理にもお詳しいのねぇ、そうだったんですか、以前はこの近くへ?」と聞かれたので、妙子は以前は修善寺の駅に近い所だったと言う返事をした。

「そうだったんですか、気に入って頂いて何よりです。明日はどちらへお行きになられますか?」

「はい、三島へ出ようと思っています」

「そうですか、温泉に入られてよくお休みになるといいですね、ではまた明日に…、ごゆっくりなさいませ」と御上は正座をして丁寧に頭を下げられた。妙子は湯煙に入ってみるのもと思い、男女別の露天風呂に行く支度を整えていた。露天風呂の明かりに虫がブーンと留まっていたりして、丸いランプは妙子の気持ちを和《なご》ませた。お湯を肩に掛けたりして顔を洗っていると、洗顔料も何も付けなくても肌がしっとりと暖かだった。明日は三島へ帰って久しぶりに母に会い、今後の事も相談したいと妙子は思い、布団の中でうとうととしていた。

朝は七時過ぎ頃、目が覚めた。何となく階段を上り降りする音と廊下を早足で去って行く音を聞いていた。朝食のメニューはいつもより多く感じられたが、味の濃いお漬け物で白いご飯は進みやすかった。朝食の後、妙子は母に電話をしようと荷物の整理をしていたが、下着を取り出し着替えの間を捜しても妙子の財布が見つからない。妙子は急に血の気が引く思いになり、もう一度今度は全部取り出し捜してみた。そんな事をしているうちに部屋の外で声がして、崎岡がお茶を持って来た。

「お客様どうかされましたか?」

「ええ、あのう…実は私の財布がどこにもないんです。これだけ捜しても…どうしようか」と妙子はひとりつぶやき、頭が真っ白になってしまった。

「ええっ！そうなんですか…大変な事になってしまって、お客様はタクシーのご利用は？」

「はい、タクシーでお支払いはしたんですけど…」

「そう、そしたらタクシー会社に電話される方法もありますよ、タクシー会社とかはご存じですか？」と崎岡と言う女性はいろいろな方法を考えてくれた。

「あのう、多分このページの会社だと思うんですけど…」と妙子は車の色などを伝え、三社に絞《しぼ》ってみた。

「どうぞ一度聞いてみて下さい。まぁ、落ち着いて」と崎岡は朝食の片付けをしていた。

妙子は心を落ち着かせて、まずこの付近で大手の会社に電話を入れてみた。当社はもうその頃だったら、修善寺からは引き揚げてますよと言う返事で、妙子はそれならと心当たりの所に次々と電話を掛けてみた。お財布の落とし物は届いてませんと言う心ない返事に、妙子はがっかりと気を落としてしまった。どうしようかと考えていると崎岡は、御上《おかみ》を連れて来た。

「お客様、お早うございます。大変な事になられましたね、で、タクシー会社の方は？」

御上が膝《ひざ》を付いて親しげに顔を見つめた。

「ええ、それが心当たりの所を全て当たってみたんですが、どこにもないと言う返事ばかりで…本当にすみません。うーん、あのう、お支払いをカードと思ってもそれもお財布に全部ありますもので…」妙子はどうしたら良いか迷いあぐねていた。

「そうですね、お客様、こちらも考えてみたんですがお急ぎでなければ、こちらで住み込みと言う事で二日間働いてもらえませんか?あのう、実はこちらの住み込み人がひとり辞《や》めて行ったんです。だからこちらではそんな方法を考えてみたんです。ねぇ、お客様は何か河津のお料理店にお勤めだとかで、今はお休み中だったらね、まぁその方がいいかと思いましてね」と御上は、あっさりとした人らしくそう提案した。

「そうですね、勤め先がもっと近ければ良かったんですが相談も出来ませんし、もしよろしければこちらからもお願いします」と妙子は正座をして二人に頭を下げた。

「いいえ、こちらもちょっと人手が足りないから、宿泊費や交通費位だったらすぐに工面出来ますよ、じゃあ電話を掛ける所が済んだらお部屋を移って頂いて、エプロンをしてお掃除をしてもらおうかしら」と御上は言った。

「はい、わかりました。ちょっとカード会社の方など気になる所がありますので、終わりましたら移らせて頂きます」と妙子は崎岡にも伝えた。二人が部屋を出た後、何やら薄い雲が多くなってくるようなそんな気配がした。そんな時、三島にいる母親に連絡を取ると少し安心してきた。妙子は今日行こうとしていた事が自分の粗相《そそう》で延期になった事が残念であった。

女中見習い、母の元へ

部屋は客室よりも奥にあった。住み込み人は男女ひとりずつだったらしく、前の女性の部屋に通された。今はまだ十時と時計を見て、妙子は掃除機を部屋にかけた。母の声と「みさき屋」の主人の声で、お掃除をしていても支えられた。崎岡はバケツに水を汲んで持って来てくれた。雑巾は二、三枚中にあった。妙子は住み込み人にはいろいろな悩みがあったように思い、部屋にしみ付いた女の念を洗い落とすかのように畳にも雑巾がけをした。

「あのう、大体四時位までは従業員達だけだから、手順良くお仕事が出来ると思うの、もうひとり女性が昼以降出勤します。それと板前は二人でひとりは住み込みでね、あなたのお隣の部屋にいます。今買い出しに行ってるからまた後で紹介しますね」と御上は部屋を覗《のぞ》いて付け加えた。

「お客さんの事を坪倉さんってお呼びしてもいいですか?」と聞いたのは崎岡だった。妙子は、「ええ、結構です」と軽く頭を下げた。

「それと、ええと私の事は崎岡さんって呼んで下さいね、うん、まぁ頑張って、この調子で掃除機と雑巾がけをして下さったらいいから、じゃあ」と言って洗い場などを案内してくれた。女性ひとりで七部屋分のお掃除は大変だったが、午後から来たアルバイトの山園さんと言う女性が大変気の毒に思われて、お部屋のお掃除だけでも大変だから、お部屋の手洗い、洗面は私がしますからと言ってくれたので、妙子はホッと一息つく事が出来た。

午後の休み時間は十五分で妙子は自分の部屋で休もうとした時、崎岡に呼び止められた。

「あの、坪倉さんちょっとここへ、この人が住み込みの板前の多川君です。多川君こちらが坪倉さんで、ある事情で二日間こちらでアルバイトをして頂く事になったの、だからあんたのお隣のお部屋だから、いろんな事を心掛けて下さい」崎岡がそれぞれ紹介すると、多川と妙子はお辞儀をして、よろしくお願いしますと声を掛けていた。崎岡は良い人間関係になると思ったようにうなずき、「休憩が終わったら坪倉さんは玄関の掃除、多川君は夕食の準備をして下さいね」と崎岡は言って階段を上がって行った。妙子は自分の部屋に入るとエプロンを外し、時計を外した。銀行のカードも濫用されていない事がわかっただけでも、朝とは気分が違っていた。隣からはテレビの音が聞こえていて、寝返りをうっているのがわかった。

今日の宿泊は三組だった。玄関で御上と崎岡が接待している声が聞こえる。妙子は座布団カバーのほつれた物の繕《つくろ》いを十枚分していた。「みさき屋」では女性四名位で座布団カバーを繕った事があったが、何でも自分ひとりでと言うのが少々こたえた。多川は板前主《しゅ》と厨房で打ち合わせをしているらしく、声が響いている。山園もお料理の手伝いをしているらしい。妙子は明日もこのペースで過ぎる事が出来るのかを心配していた。崎岡は接待が終わると、妙子の繕い物の点検に来てくれた。

「坪倉さん、あなたなかなか縫い物が丁寧ね、それに割と早いし…これからもお願いしないといけない位ね、ふふっ」と崎岡は笑っていた。

「それと坪倉さんも厨房で山園さんのお手伝いを、ちょっとしてあげて」と言われた。厨房のテーブルで三キロ程あるお多福豆を、さやから出す作業を手伝っているうちに二時間程むくと指が豆のさやでガサガサした。

「坪倉さん、もうそろそろ私達夕食よ」と山園は机の上を片付けて、テーブルを拭《ふ》いていた。崎岡からもＯＫが出て、妙子は山園の後に付いて、まかないの食事の用意をした。炊き込みご飯と焼魚にお味噌汁、後はお漬け物と言うメニューをトレーに乗せて、テーブルに運んだ。山園はこちらに勤めて二年目だそうで、板前のお手伝い役もとても慣れているように見えた。年齢は三十歳位に見えて、お料理にも詳しい人だった。食事をすると七時半は過ぎていたので、「まぁこんな時間になったわ、私ちょっと洗い物をやっておくわ」と腕まくりをして手早く洗い物を始めた。八時までのアルバイトだそうで、山園は、「じゃあ、また明日」と声を掛けて帰られた。妙子はこの後次々と食事に来られる事を考えて、洗い物の続きをしてテーブルをきれいにしていた。

「坪倉さん、もうこちらはいいから、お部屋で休んでいたら?それと明日はね、午後三時半で仕事は終了出来ます。それだったら三島へは帰れるでしょう?」と御上は言ってくれた。

「はい、有難うございます。どうなるかと思いましたが一時間ずつ過ぎていくと、私もやっていけるのかも…と言う気持ちになってきました。こんな旅館の経験がなくて…」と妙子は言い掛けたが、御上は、「ええ、そんな事はいいんです。何よりもやる気と素養があれば…坪倉さんもまたこちらにいらして下さい。妙な縁でしょうけど」と言って、にっこり笑った。浴室は十時頃になると宿泊客の方とかちあわないらしいので、それまでの時間はアイロン掛けを手伝った。どうも妙子は最初に部屋に通してくれた女性が、住み込みの人だったのではないかと思った。三時から十時までのアルバイトの女性でもない。本来、コールボタンが付くと住み込み人が行く場合があるそうだが妙子は二日間なので、今は崎岡が担当している。

「坪倉さん、今日はこちらに御上さんが泊られますから、あなたの仕事は夜十時までです。だからここのランプがもし付いても心配しないで下さい」と部屋に来て説明してくれた。

「じゃあ、私はこれで帰ります」と崎岡は十一時までのお勤めと言う事を言って、少し化粧を落としていた。

住み込み人の部屋の寝心地は、やはり責任感と不安感で、昨日の客室の寝心地とは違っていた。結局、コールボタンは夜十二時までで二回位で、そんなに多くはないのかと妙子は思った。気にしてはいけないと思いながらも、隣の多川のラジオを聴いていた。朝はまず板前の多川が五時半に起きて、表《おもて》の掃除をしてくれた。女性は六時に起きて玄関の掃除と、一階の風呂の掃除を朝食作りの前にしなければならない。多川が朝食を作っておいてくれたので、妙子は客室用の茶碗や箸《はし》の用意をしていた。

「ああ、お早うございます。あなた達は今から食べて、朝七時からはいつでもお部屋に運べるように、準備しておいて下さい」と御上は言われた。朝の白いご飯と海苔は、妙子の気持ちを清潔にしてくれた。

「多川さんはお味噌汁も上手ですね」と妙子が言うと、「うん、そうですか？もう二年は過ぎたからな」と案外爽《さわ》やかな所があった。

客室に運ぶのをお手伝いした後、「あのね、あなたは四十分位したら同じ所から、おひつを引いて下さいね、お願いしておきます」と御上は指導された。厨房には三組のおひつが返っていた。

「坪倉さん、急に申し訳ないんだけど、本来お客様が残されたご飯を私達が頂く事になってるの、ただし朝食は貧血になる恐れがある為、食べてもらってます。だからこのおひつのご飯は、坪倉さん、あなたがおにぎりにして下さい。そして七つ位出来ると思うから、また体力を失いかけた時に食べましょう」と御上が言われたが、妙子はとてもしんみりとした気持ちになった。以前の修善寺の温泉旅館も、きっとこんな蔭《かげ》の努力をされていたのかと思うと頭が下がる思いがした。

「坪倉さん、あんたおにぎりも上手だな」と多川が最初のおにぎりを食べていた。

「河津の料理店の人だって聞いたんだけど、とんだアクシデントで気の毒だ、でも今日位でもう帰れるからな」と昼食時にそう言ってくれた。おにぎりを作って宿泊客を見送った後は、布団の片付けと部屋の掃除を妙子は多川としていた。さすがに自分の布団よりも他の人の布団は重く、妙子は男手があって良かったと思った。そんな後のおにぎりは梅の酸っぱさが体に合っていて、女性の体を応援する食事に思えた。山園が一時に出勤すると、今度は露天風呂の掃除を三名でするように言われた。お湯を全部抜いて内側を長いブラシでこすって、湯垢《あか》を取る事をゴシゴシやっていると、とたんに汗が流れる。山園は何回も汗を拭いていた。風呂椅子も石鹸《けん》でこすって洗い流し裏向けに置いて湿気を取るように、妙子は何回も同じ作業を繰り返した。

「みんなどう？はかどりは」と崎岡が見に来られた。

「むしむしするわね、風呂の中もきれいになってるし、後は拭き掃除でいいから、石鹸台に水が入っていないかチェックして下さい、そうしないと石鹸がすぐに消耗してしまうから」と言われた。かれこれひとつの風呂で三十分ずつかかるので、終了した時は風呂に入りたい位、汗でじっとりとしていた。客室の布団を今日は干しているので三時頃に、山園と一緒に布団を入れた。そしてその後、妙子は御上に呼ばれて、御上の部屋に行った。そこで妙子はアルバイトの給与明細と現金を頂いた。

「はい、あなたの場合まだ見習いで、して頂いていない仕事もあるので住み込み人の日給よりも少なくなりますが、頑張ってもらって助かったので、一万二千円のお給料になります。そして宿泊費とお料理で九千円を差し引くと、三千円で三千円ここに入れておきます」と御上は説明の後、現金を封筒の中にしまった。妙子は、「有難うございました。本当にどうなる事かと思いました」と封筒を有難く受け取った。そしてその後、部屋の後片付けと荷物の整理をしていた。妙子はエプロンを洗濯物の所に置き、身支度を整えていた。

崎岡が修善寺までのバスの回数券をくれた。

「坪倉さん、もし良かったらまた来て下さい。とても助かりましたから、有難う」とお辞儀をされた。玄関まで皆に見送って頂いて、妙子は感無量になっていた。

「有難うございました。アクシデントがあっても、修善寺は良い所だと言う印象が何となくあります」と妙子は笑みを見せた。

「今度は現金を落とさないで」と言われ、妙子は、「はい」と答えた。山園がバス停まで送ってくれた。時刻は午後三時半過ぎだった。妙子はバスの中で山園に会釈をして、もう一度現金の入った封筒を確認した。三島へ着くのは一時間後になるだろう。そう思っている間に修善寺駅に着いた。


三島に帰ったのは、五月のゴールデンウィークの頃だった。三島駅から北へ十分程タクシーに乗ると公団が見えてきた。妙子は急に安心感が湧《わ》き、注意深くお金を用意した。家に帰ると妙子の母、良野《よしの》は玄関まで迎えに出て妙子の鞄を持ってくれた。

「妙子、えらい災難になったね、ほんとによく頑張ったよ、クレジットカードなどの再発行になると思うけど落ち着いてね」と良野は丁寧にお茶を注《つ》いでくれた。

「和菓子でも食べる？」

「うん、やっぱり家は落ち着くわ、ああ、有難う」と妙子は桜餅をほおばった。

「何でも〝みさき屋〟の倍の量の仕事だから疲れたわ、でもお母さん今日河津へ帰らないといけないの、ごめんね」妙子は久しぶりに帰ったのに、こんな結果でとても残念に思った。

「そう、こんな時にあまりお休みを取るのもねぇ、でも二時間位はいいでしょう、まぁその間ゆっくりして…」と良野は、すんなりと状況を受けとめていた。

「本当はね、〝みさき屋〟が閉店になるからそれ以降の事を話し合おうと思ってたのに…お母さんは私がこちらで勤めを見つけた方がいいと思ってる？」

「うーん、まだそこまではわからない、妙子が希望した場所だったから、まぁ〝みさき屋〟さんにいられる間まで考えて、それで判断したらどう？」

「うん、あれからずっと考えてたんだけど、何かまだ南の方角でまだ何かの縁があるような気がするの、だからまた考えてみるわ」妙子は時計を見ながら、荷物の整理をしていた。新しい服に着替えて、良野から新しい財布をもらった。

「まぁ、お守りと思って持って帰りなさい、それとその修善寺温泉の〝かねざき〟さんにも御礼を伝えたいし…本当に物わかりの良い御上さんで良かったわねぇ」

「うん、ほんとにそう思う、お母さんこれが電話番号と住所」と言いながら、妙子はメモを机の上に置いた。

「じゃあ、またこちらから連絡しとくから、妙子は妙子なりに考えなさい。今から帰って、家に着いたら夜九時頃でしょう？晩ご飯はどうする？お弁当とか…」

「うーん、何か買おうと思ってる」

「おにぎりとか」

「うーん、おにぎりはね、もう旅館を思い出すから今日はやめておくわ」と妙子は言って、いろいろな事があるのよと言う気持ちを含ませていた。良野はサンドイッチや和菓子が得意のようだが、この暑い夏を思うと持って帰る事を薦めなかった。良野は駅までの車を呼んでくれた。

「お母さん、着いたら電話します」と妙子は今までの事を明日には、「みさき屋」にも報告しなければ…と言う決心をしていた。

修善寺のあたたかさ

次の日、妙子は「みさき屋」に朝十時頃出勤した。「みさき屋」の店主　川瀬哲次と、新しい方の板前の板倉正哉《しょうや》が先日話を聞いた時から心配していた。

「坪倉、お母さんも心配してただろう、住み込みを経験したんだってな、あんただったら我慢強く頑張ってたと思う」と店主の川瀬は気の毒そうに言ってくれた。

「妙子さん、妙子さんだったら耐えられるんじゃないかって、宮上《みやがみ》さん達も言ってたよ、皆それぞれ旅館の経験とかがあるんだなぁって、この話で驚いた」と板倉は優しく言ってくれた。

「有難うございました。いろいろご心配をお掛けしました」と妙子はそこにいた四名にも同じように、御礼を言った。閉店と言ってもいつも通りに、感じ良くふる舞っていこうと言う決意を皆していた。その甲斐もあってお昼間のお客様も順調で、定食が残るような事はなく、この暑さを乗り越えようと皆団結していた。昼食の時、「昨年なんか鰻《うなぎ》が多く残ったらしくて、確か持って帰らせて頂いた事があったわね」と女性従業員のひとりが言った。

「そうね、それが今年は七月もうまくいってたのに…皆とお別れだなんて、何となくさみしいね」お寿司の定食を食べながら妙子もその中に入り話していた。旅館はこの職場とはまた違う所があります、と言いたい気持ちが妙子にはあった。

店主の奥様の友子さんが、来週送別会を致しますと報告して下さった。お客様用の鮎《あゆ》も、もう八月十八日を過ぎれば送別会に出る事になり、友子さんは、「坪倉さんのように鮎が好きな人がいるから、もういいの」と気前良く言われた。送別会のお料理は何にしようかと休み時間に相談していた時、妙子の携帯電話に着信が入っていた。局番がどうも近くではない為に通話歴を調べてみた所、修善寺のタクシー会社である事がわかった。妙子は驚いたが、頃合いをみてタクシー会社に電話をしてみた。

「もしもし、坪倉妙子と申しますがお電話を頂いたのですが…」と言うと事務所の男性は、「ああ、先日お財布をタクシーの中に落とされた方、あなたから聞いた通りのデザインで、中にはあなたのお名前のクレジットカードも入っていました。それをこちらで預かっています、取りあえず保険証と印鑑を持ってこちらに来て頂けませんか?実はね、こちらの乗務員があれからすぐに夏休みを取っていましてね、二日後の車の掃除の時に見つけて当社の方に連絡があったんです、すぐに掃除だけでもしてくれたらね、坪倉さんが掛けてくれた時には、わかったんだけど…本当に」と言って、いつ頃来られるかをその後尋ねた。妙子は大変恐縮して御礼を言った。そして月曜日に行かせて頂く事を伝えた。妙子は大抵月曜日と水曜日がお休みで、「みさき屋」の従業員も大変喜んでくれた。帰りには必《かなら》ず「かねざき」に寄って御礼を伝えたい、妙子の母はもう御礼の贈り物をしたと伝えてくれたが、妙子は何かこちらで買って行く事を決めていた。母が用意してくれていた財布を何度か気にしながら、修善寺のタクシー会社へと急いでいた。

タクシー会社は、確か妙子が三番目に電話を掛けた所だった。黒の車種と言う事で、崎岡が選んでくれた会社だった。菓子包みが三箱あり少々かさばった感じがしたが、見つけてくれたタクシーの乗務員さんにも渡してもらいたいと思い、妙子はタクシーの中で紙袋がバサバサ揺れる音がする度に、大事に手でガードしていた。駅から十五分程車に乗るとやっと着いた。妙子は係りの人に挨拶して、自分を証明する物を出した。係員は、「わかりました。少々待ってて下さいね」と言って上役の方に相談に行っていた。妙子はお渡しする菓子包みを、二箱別々に机の上に置いて待っていた。

「あの、坪倉さんですね、えーと坪倉妙子さん、こちらが届いています」と言われて妙子は届けられた財布を手にした。

「はい、私の物です、中を確認してもよろしいですか?」と妙子は念の為に打診《だしん》した。係りの人も証人となり妙子は、現金とカード類を時々取り出しながら確認していた。もう中身も外も完全にないとあきらめていたのに、財布の中は妙子が落とした時と同じ様子で、特別変わったような気配がなかった。妙子はそう伝えると係りの男性は、「そう言って頂けると有難い、そうですか、こんなお土産まで頂いて、乗務員の林田にも伝えておきます」と頭を下げられた。菓子包みが二箱減り身動きも少し楽になり、妙子は、「かねざき」

まで行きたいとより強く思った。バッグの中の二つの財布は妙子の心を神経質にさせたが、バッグを膝の上に置いて今後を考えてみると、妙子の心の中にはある決心があった。三十分もかからない位で「かねざき」に着いた。まず声を掛けると崎岡が出て来てくれた。とても驚いた様子だったが、お財布がタクシーの車の中で見つかりましたと伝えると、とても喜んでくれた。

「さぁ、どうぞお上がり下さいな」と崎岡は客室に取りあえず案内してくれた。

「ちょっと待って下さいね、御上を呼んで来ますから」と崎岡は部屋を出た。

御上は笑顔で部屋に入って来た。

「坪倉さん、しばらくね、あなたのお母様からも御礼を頂いたりして…まぁこんなにあなたからも…」と言って、お菓子包みを大切に顔の方へ両手で近づけた。

「そうだったの、そんないい話が修善寺であったって、何かこちらまで心暖まる話ね、ねえ」と後から入って来た崎岡に声を掛けた。

「それで実は河津の店が閉店になる事で、三島へ帰る途中でやはり修善寺が何となく思い出に残っていて、今度はこちらに宿泊してみようと思ったのがいきさつだったんです」と妙子は本当のきっかけを説明していた。

「それで三島へ帰って今後どうしたらいいかを聞いてみた所、やはり私が納得のいくように考えてくれたらいいと言うのが母親の考えでした。河津の店の人達は修善寺も、きっかけが出来て河津よりお母さんの方に近いし、それもいいんじゃないかと言ってくれました。だからどうしても御礼を伝えたくて…それと今後はこちらでお世話になる方が…とも考えました」妙子は順序良く気持ちの整理がついていた。御上はそうだったのと言うようにうなずき、「坪倉さん、それじゃあ、いつ頃から働ける？それとね、最初は住み込みになると思うの、今どうしても女性でね、朝六時には起きて仕事が出来る人が欲しいから…この近くにアパートもあるんだけど、大体十分位離れた所、だからね、なぜ住み込みの方がと言うと朝が物騒《ぶっそう》だからと思ったの、まぁ私は慣れるまでその方がと思う、あなたはどう？」と聞かれたので、妙子もやはりその方がと言うような所があった。労働の疲れが朝はとてもあるのがわかる。妙子は住み込みの場合、夜の客室からのコールは何時頃まで担当したら良いかを尋ねてみた。御上はいろいろ考えた結果、「こちらからすれば長く担当してもらえれば楽は楽、ただし年齢的にも若い方だし気の毒だから、私か崎岡のどちらかが残りの時間にいるので、あなたは夜十一時までにしようと思うの、その覚悟でいてもらった方がいいと思います」と言われた。妙子は住み込み人としての勤務手続きをその後にした。勤務開始は八月二十六日からだった。妙子は新しい職場が見つかったと言っても、また新たな試練の連続をどこかイメージして帰路に着いた。

八月十九日は「みさき屋」の仕事修《おさ》めだった。お掃除の後送別会が催された。板前の板倉正哉はいつも妙子を見ていた。「みさき屋」の従業員でひとり暮らしの場合は、男女の住まいが別だった事もあって、好意を寄せていても板倉正哉と妙子がデートするような機会がなかった。板倉は今後の道をあれこれ考えている間に今日になってしまい、親方と呼んでいる店主に相談を持ちかけていた。

「おい正哉、天城湯ヶ島だったらおまえの好きな川端康成さんの小説にも出てくる所だし、坪倉の方にもまだ近いんじゃないか、そこで板前を続けた方がいいんじゃないか？」と川瀬が言った。

「はい、親方が他で商売をされないんだったら、考えてみようと思います」と板倉は純文学を愛する男と言う所があり、律儀な所があった。

「それとおまえは、日本料理もいいが、フランス料理風を学べる所も考えてみるから覚悟しとけ」と川瀬は厳しく予告していた。送別会は男女合わせて九人参加して、今までの思い出の中に妙子が提案した鮎寿司があった。その日も鮎の半身に味付けして焼いた鮎寿司もお料理として出され、きれいな黄色い金糸《きんし》卵をのせたカラフルな箱寿司、穴子寿司と和定食の残りの煮物があった。皆ビールで乾杯し、友子さんから教わった料理法の確認や今後の就職をどうしたらいいかなどの相談まで、盛り込まれていた。

「それにしても坪倉は今度は旅館修行になるのか」と店主に言われると、妙子は、「はい、もうお話しして決まってしまったんです。本当にご心配お掛けしました」とビールに口を付けた後に答えた。

「坪倉さんの鮎寿司もなかなか好評だったのに残念ね、それ以来鮎ちゃんって呼ばれていたのに…」と奥様の友子さんが言った。

「私達は多分来月位からどこか捜さないといけないわ、まぁ私達の年齢だったら限られてるし…」と女性従業員は箸で穴子寿司をつまんで、口にほうり込んだ。

「鮎ちゃんも旅館って大変だけどそこでしか味わえない和と言うのがあると思う、だからね、めげないでよ」と宮上と言う女性が励ましてくれた。

「はい、わかりました。宮上さんからも酢の物などの品々を教わりましたので、これからも応用していきたいです」と妙子は今までの御礼を言った。送別会も終わりを迎える頃、板倉は妙子を呼び止めた。

「妙子さん、これがこれからお世話になる店で、これが今後の住所、妙子さん持って行って」と板倉は紙切れを差し出した。

「まぁ今度は天城湯ヶ島になるの？ハイカラな所ね、私は修善寺温泉だから近くなるね、私も旅館の住所を書いておくわ、ただ住み込みと言っても男性がいるの、だから全ての事に気を付けようと思うの」と妙子は説明した。

「そうか、住み込みって言うのはなぜ？」

「うん、朝六時から開始だから、歩いて十分位の所にアパートがあっても、朝が静か過ぎて物騒だと言われたから」

「そうか、それだったら落ち着くまで手紙も控えた方がいいかもな、まぁこちらもどうなるか仕事してみないとわからないし、頑張るよ」と板倉はあっさりとしていた。

「有難う、いろいろ心配してもらって」

「うん、妙子さんは今時めずらしい女性だって、よく親方も言ってたよ、だからいつまでもその良さを失わないように頑張って、それと仕事が順調にいくようになればまた会えると思う、じゃあ」と言って板倉は別の部屋に行った。店のユニフォームを脱ぎ、たたんだ後今までの板倉の思いが伝わってくるようだった。年齢的にもいつまでも仕事と言う訳にはいかないかも知れない。でも自分には自分を呼んでいる仕事があると言う信念が妙子にはあった。後六日間で、修善寺へ引っ越しをしなければならない。大方《おおかた》処分するものになってしまうが、三島の母親の家に送る物とをその間選別にかかっていた。

料理旅館　かねざき勤務

荷物は妙子が今後の部屋を見て帰ったので、割とうまく収まっていた。「かねざき」の部屋は七畳と言うのがあり、衣裳ケースとハンガー掛けの物置などを置くと以前泊った時よりも、少し安心感が湧《わ》いてきた。初日は妙子の紹介も手短に行われ、妙子は板前主の加瀬昭人《あきひと》と言う四十五歳位の男性と初めて顔合わせをした。後は午後の四時頃から出勤される佐々木と言う年配の女性の紹介があった。山園は相変らず感じの良い人で、頼りになる人だった。大体客室は宿泊の場合、二部屋は少なくともうまる場合が多いので、そんな時は業務もゆっくりと出来る事があるが、週末は六部屋になったりすると夜は十一時頃まで、按摩を手配したり外からの侵入があるので、ハラハラさせられる事も多かった。御上は、「佐々木さん位のおば様が、お客様からのコールボタンの時に行って下さるといいのに…」と愚痴《ぐち》をこぼしていた。

朝六時起きにも妙子の体は慣れてきた。ただ九月の中旬頃になると、朝の水がとても冷たく感じられた。七時に崎岡が起きて来られるので、玄関のお掃除と朝食の食器の用意とお茶の用意で見る間に七時になった。それぞれご希望の時間に、お部屋にお持ち出来るようにと言われていたので、今日は三組共七時三十分頃と言う予定でもあり、妙子は十分前位から時計を見ていた。崎岡と妙子と多川の三人でそれぞれ運び後は四十分後に、お部屋に行って下げられる物を運ぶと言う方法で手際良く、多川もその後洗い物に取りかかっていたりして、妙子の方は相変らずおにぎり係りだった。

「坪倉さん、あなたのおにぎり、おいしいってお客様からも言われた事があったのよ、あまりいい事ではなかったんだけど、お客様が夜中におなかがすかれてどうしようもなかったので、夜十一時頃握ってもらったおにぎりを出すしかしようがなくてね、それで食べてもらったの、翌朝は大変良く眠れたとおっしゃっていたからね」と崎岡は随分たってから言ってくれた。妙子は夜作ったものは、夜中用になる場合があるから、無理してまで食べないで万一の時のお客様用に残す方が良いと言う所が、崎岡に一目《いちもく》置く所だった。勤めてから一ヶ月位過ぎた頃「かねざき」に、板倉正哉からの手紙が届いていた。妙子は仕事の疲れを癒《いや》すひとときはいつ頃かと言うと、昼であれば三時過ぎの十五分間と、後は入浴後の二十分間位だった。妙子はその時に正哉からの手紙を繰り返し、繰り返し読んだ。天城湯ヶ島では、朝八時から勤めて四時までの七時間が普通の勤務で、週に三日は五時から七時まで勉強会があるので九時間にも及ぶらしい。「みさき屋」では残業と言っても一時間ある位であった為に、大変体の節々が痛い状態で続いていると言う内容が書かれていた。妙子は空き時間を使って、正哉に返事を書いた。妙子は夜の客室からの用事も、自分で行っている事まで状況を書いていた。それともし会えるとすれば、今年はもう十二月位になると妙子は考えていた。行楽シーズンでもない九月にも、会社の研修か何かでお泊りが多かった。だから秋ともなればなおさらだろう。「みさき屋」はお料理に季節感があったが、こちらはそれがあまり目覚ましくない。妙子にとってそれがいささか不満であった。十月からは多川が朝六時に富戸《ふと》港の卸売市《いち》に出掛けられていた為に、崎岡は三十分程早く起きてくれた。それでまたピチピチとした旬の旅館になるような、そんな気がしていた。

お客様からの注文が多いメニューはイナダの海鮮盛りで、大体三名様以上であれば四十センチのお皿に、タイとイカの組み合わせで大変ボリュームのある、おさしみになっていた。金糸卵を上に施《ほどこ》した少し甘い目の箱寿司は妙子の提案で、妙子が料理店にいた事もあって、お料理に関しては多くの知識があるように思われていた。九月には今月のお料理の提案があれば…とまだ新しい妙子にも聞いて下さった事で、妙子の気持ちも少しは穏やかになっていた。お料理はセットメニューもあるが単品のメニューも豊富で、だし巻きや天ぷら、これからであればおでんが中々人気があり、追加注文を受ける事がよくあった。お好みによるが、なすびや食材を自家栽培しているものもあるので、田楽なども注文があった。妙子は今月二回程、なす田楽の注文を受けた。主に注文を聞いた単品のものは多川が作る場合が多く、とても忙しい時は崎岡と山園のどちらかがフォローに入る事になっていた。板前主の加瀬は、主に海鮮のメニューを担当されていた。板前主は以前から漁師の知り合いが多く、朝の仕入れに毎日行かなくても夕方位になると、さしみ用の魚などは見繕って持って来てもらっていた。ただ少し手を抜かれている所もあると判断して、再び朝の卸売市にも板前主が行くようになり、多川を引き継がせたらしい。御上までが板前主と一緒に、朝の六時頃に魚の仕入れに行かれていた時代が長くあったと聞かされると、妙子はそれで腰が冷えやすいと言われていたのかと思った。

大体夜の十一時まで客室から呼ばれる場合には、十月の末頃になると特に、「電気あんかを持って来て下さい」とか、「頭痛薬はありますか」と言う内容について、妙子は応対していた。その後の時間は崎岡の担当になっていて先日も、「腹具合が悪いので何か薬はありますか」と言うお客様が二組あったらしい。そんな日は次の日、お客様が食べられたメニューの伝票から、何が悪かったのかを崎岡は研究していた。どうも重なっているメニューは、豆腐となすびと田楽味噌のような気がするとの事で一度、昼間の二時からのミーティングで山園、佐々木、妙子の三名が田楽味噌を調べて、お客様と同じ量で食べてみる事にした。皆お掃除をしていたが何やら、おなかがチクチクする感じですと言う感想があり、二時間位で治ってきた様子だった。

「でも、私の体には添加物が多いのはやっぱり合わないわ」と山園は言っていた。佐々木は元から田楽が好きなタイプで、「私はどちらかと言うと、豆腐に田楽味噌が好きでしたから、今まで痛くなった事はないですのに…」と言う意見だった。妙子は以前筍の水煮が古くて、その腹痛を考えたら今回はまだ余裕がある位の痛みだったらしい。どちらにしても、なすびの火の通し具合と豆腐は水を何回か替えてから火を通す事、それと業務用のものを止《や》めてみようと言う内容が決められた。味噌汁の方は良いので、それを使って田楽味噌を自家製にする事にして、多川と妙子が候補に上がった。それぞれ二人に作ってもらったのを板前主と御上と崎岡で試食をした所、多川は沼津出身と言う事もあって男っぽくて濃い田楽味噌、特に寒い時に向くとの感想があり、妙子の方はざらめを入れてにんにくの風味があり白ごまを施した味噌に少しずつお酒とみりんを入れ、白砂糖を加えた九州風で、やんわりとした中に山を感じさせるほのぼのとしたお味であった。板前主は二人の腕をほめていた。

「何と言うか東日本と西日本のお味と言う感じで、田楽味噌がこんなにおいしく作れるんだったら、もういろんな料理を作った人だと思うよ、まぁ無難な所で坪倉さんのものでにんにくを抜いたものがあれば…」と言って下さった。

「本当に業務用のものが悪かったみたいで、申し訳ない」と御上は皆に謝っておられた。

「いいえ、大体もっと多川、おまえも味噌の味を見ておけ」と多川は注意されていた。

「はい、すみません。つい忙しい時で…」と多川は口ごもった。そして、その日から大きな鍋の半分位の量の自家製田楽味噌を妙子が作る事になった。それとやはり鮮度が大事なので、にんにくを入れて味を付け直したタイプの味噌は生野菜にも、もってこいのお味でドレッシングの代わりにもなり、田楽ばかりでなく、おにぎりの中にもいいんですよと妙子は皆にアピールしていた。

「そうなの、あなたやはり詳しいわ」と崎岡は言ってくれた。どちらにしてもまず、従業員用のおにぎりに入れてみる事が決まり、妙子の方の味噌をもう少し食べて二時間程様子を見てもらう事になった。

御上の心配り、夜食のおにぎり

厨房では夕食の用意で板前二人が、あわただしく用意している。妙子達はお客様を部屋に通してから、別の客室でお客様用の浴衣と羽織のセットをたたんでいた。全部で十二セットもありその量に驚いたが、最近は少し目も慣れたようだった。御上をはじめ、体調をみてもらっていたが、自家製味噌入りおにぎりを食べてからの体調は皆良くて、今後は二、三週間に一度は妙子が作るように御上からの指示があった。夜食のメニューにも食欲の秋にちなんで、妙子のおにぎりは登場した。味噌入りは好みがあるので、梅と昆布を幾つか作っておく事が多かった。そして一晩明けてお客様のオーダーがなければ、朝の従業員の食事にもなった。

「坪倉さん、おにぎりが今日は、味噌と昆布があるからひとつずつ食べて行ってもいいかな？」と次の日の朝、多川に尋ねられた。

「はい、どうぞ、朝の仕入れはもう寒くなってきたし、おなかがすき過ぎては重い物も持てないし…」と妙子は言った。手紙によると板倉正哉はまだ朝の卸売市には出ていない様子だったが、今後はそんな事もあるのではないか…と言う予感が妙子にはあった。多川は寒い朝も機嫌《きげん》良く仕入れに出てくれていたが、十一月になって今までの疲れが高じて、朝に熱があったとみえて急きょ御上が多川の代わりに仕入れに行かれる事になった。以前の「みさき屋」では時間になれば業者が持って来て下さる方法で、奥様が仕入れに行かれている様子が全くなかったので、旅館業の厳しさを妙子は知った。

「御上さん、大丈夫ですか?」と崎岡が厨房で尋ねていた。

「ええ、大丈夫、こんな時の事ももうちょっと考えておかないといけなかったのに…それにしても朝の六時は冷えるわね」と御上は腰を摩《さす》っていた。

「今日のシフトどうします?」と崎岡が聞くと、御上は、「加瀬さんに一時間繰り上げて来てもらいます。それと明日の朝は仕入れはないから、朝食作りは、あなたと坪倉さんと私が入ってもいいから、そうしましょう」と言う計画を立てておられた。

「それとやはり朝、おにぎりがあればひとつでも食べて行くといいわね、何か腰までしっかりしたわ」と御上は少し疲れた様子で話していた。お昼ご飯は、多川の為におかゆを作ってくれていた。二日間位、朝の仕入れの人が休まれるからと言う状況を御上は皆に言ってくれていたので、多川はもう遠慮せずにお休みと言う気持ちを持っていた。

その日、山園に板前主の加瀬が付いて指導をしていた。山園はなかなか料理上手だと板前主が言っていたので事情を聞いてみると、旦那さんが料理店を経営なさっていて一時は単品のお手伝いをされていたらしい。それが旦那さんの好みで女店員を入れたのが原因で、店のお手伝いをしているのが馬鹿《ばか》らしくなって姑《しゅうとめ》さんに任せているとの事だった。

「いつも若い女の子ひとりずつに、ちょっとの仕事を頼むんですよ、そんなの位は両手があるんだったら自分で出来るって言ってやりたい位、私とかは伊豆長岡の料理店でどれだけ鍛えられたか…座布団五枚位は何回も運んだわ」と日頃おとなしい山園は、この日だけは今までの事を思い出して怒っていた。

「山園さん、そうだったわね、全然女性の好みが合わないって言ってたものね」と御上は今までの努力をよくわかっていた。

「客室のおひつが引けたら、二人ずつ食事に入ってもらいます。鍋の残りを食べて下さいね、最初は板前主と崎岡さんね」と御上は今日の食事の順番を伝えた。妙子は最後のグループで佐々木と一緒になった。佐々木は縫い物が早い人と言う印象があり、食事中はそんな事を話していた。ある時妙子が御上に呼ばれてお部屋に行くと、佐々木が布団にマチ針を十センチ間隔《かんかく》で打っていた。何をされるのかと思っていると、布団の良い所を取って縫い直すらしい、これで合《あい》布団が出来るのと言われていた。妙子はその方法に大変感心してしまって、縫い方の手順を筆記していた。

「昔ね、仲居として住み込みしてた時、布団が足らないからって古い布団を縫い直した事があるの、もう二十年程前の事」と御上が言われたので、妙子は、「そうだったんですか、御上さんになられるまでに大変ご苦労なさったんですね」と労《ねぎら》いたい気持ちだった。

「ううん、皆やってたから、だから崎岡さんにもね、前に縫い直しを手伝ってもらったの、だから今日は佐々木さんがされた後、続きをあなたがやってみなさい、あなたの座布団カバーの繕い方だったらやれると思うから…」と御上は妙子の肩に手を置いて、向こうに行かれた。

「佐々木さんには、その後もいろいろ教えて頂いて…」と妙子は御礼の気持ちを伝えたが、佐々木はある事を心配していた。

「坪倉さん、あなたね、行く行くあの多川君と決めなければならなくなったら…と思うと念の為にもうひとりいてもらったら…と御上さんに言ったのよ、そんな三十二歳だったら狙《ねら》われると思うの、だから私が心配してたって思っててね」と佐々木はそう言いながら、食器を片付けていた。妙子はまさかこの忙しい中で、思われているとは思ってもみなかった。ただ多川の後ろ姿を見ると板倉正哉を思い出して、あの人も頑張っているんだからとファイトを燃やす事が多かった。多川の具合はあれから咳《せ》き込んでいて朝の卸売市は、明日は御上が崎岡を連れて出る事になった。

朝の六時に二人は用意を整えて御上が軽トラックを運転し、まず川奈港へ行ってみる事にした。

「崎岡さん、まず近くの方から行ってみたいって言ってたでしょう、そんなに多くはないと思うんだけど、サザエがあるかも知れないし…」と御上は運転しながら言った。崎岡は朝の六時に出発と言うのがこたえるらしく、欠伸《あくび》を幾分我慢しながら、「ええ、やっと目がすっきりしてきました。随分前に加瀬さんに付いて行った位で…川奈の方が懐かしくて」と口を手で覆《おお》った。

「御上さんは何でもお強いんですね」

「うん?まぁ朝とか私も仲居として住み込み時代があったから…これからは朝の仕入れは、あなたと坪倉さんにもお願いしようと思うの、だから今度は坪倉さんを指導出来るようにお願いしますよ」と御上は少々厳しく言った。空気がひんやりしてきた時、川奈港に着いた。

「さあ、崎岡さん、あなたはこのバケツを持って来てね」と御上が言うと崎岡は、「はい」と言って御上の後を注意深く歩いていた。とろ箱ではなくて野菜が入っているようなプラスチックの青の箱には、昆布とサザエがごろごろっと入っていた。後は寒サバの値段を御上が聞いていて、十二匹分とサザエ二十個分と、昆布で佃煮を作ろうと二メートル位あるものを二本買い付けた。発泡スチロールの中の寒サバは、酢でしめても良い位、黒目がはっきりしていてうろこが光っていた。

「御上さん、水揚げの魚って市場のものと違って重いですねぇ、ちょっとびっくりしたわ」

「そうね、でも寒サバが今日こんなに仕入れられたら、富戸《ふと》の方を見てみようと思うの、一度行ってみましょう」と御上は川奈から富戸へと車を走らせた。約二十分で富戸港に着くと男性の数はいつもより少なくて、寒ブリがあればと言う気持ちの方が強かった。

「御上さん、これブリですか？」と崎岡が尋ねると、「ちょっと待って、他を見て来るから…」と御上は漁師に話をしに行った。崎岡はバケツを持って待っていた。

「寒ブリだったら、今はこれしかない」と漁師はとろ箱を引きずって来た。三匹もあった事で無事、今日の仕入れは完了した。

「御上さん、いつもこんな一メートルもある魚をどうやって置いておられるんですか？」と帰りの途中で崎岡が聞いてきた。御上は、「そう、疑問に思うでしょう、加瀬さんが〝やまと屋〟のご主人を知っているので、〝やまと屋〟の大型冷蔵庫に入りきれない物を、預かってもらう事にしてるの」と今後の段取りを説明した。

「へぇーっそうだったんですか、だから多川君の朝の仕入れが少なく思ったんですね、じゃあ今日も寄られます？」と崎岡が聞いたので、御上は、「そうね、ブリ二匹分とサバ半分位だったら預けても…と思うから」と車を修善寺の「やまと屋」へ向けた。

二人が「かねざき」に着いたのは、七時二十分は過ぎていた。その頃妙子と佐々木は、てんてこまいする位の忙しさだった。

「お帰りなさいませ」と妙子は仕入れから帰った二人を迎えた。

「どんな感じ？」と崎岡が聞くと、妙子は、「あのう、お客様のご都合が変更になりまして、朝の七時の朝食に二組が変わられたんです。もう佐々木さんが来て下さらなかったら…」と悲愴感を漂《ただよ》わせていた。

「まぁ、そうだったの、何が起こるかわからないから…それで多川君は？」

「あのう、実は多川君が話を聞いていたらしく朝のお掃除をしている間に、お客様の方だけでもと言う事でマスクをして、朝食を作ってくれたんです。それで今はまた休まれました」と佐々木は説明した。

「本当に見掛けに寄らず、いい所があるのね」と崎岡は冗談を言った。御上はそうだったの…と感心して自分の部屋に崎岡を連れて行った。佐々木は全部のおひつを引いて来てくれた。妙子は厨房で御礼を言って、お客様の残りのご飯を見ながら、ひとつは多川のおかゆと従業員のご飯を分けておき、従業員の方には野沢菜のふりかけを掛けておいた。十一時過ぎ頃に御上と崎岡が先に昼食を食べる事になった。多川の作った豆腐とわかめの赤だしの味噌汁に、ふりかけのご飯と言う素朴な食事であったが、多川の思いやりが詰まったお味噌汁であった。妙子は多川のおかゆを部屋に運ぼうかと考えていると、「私が行ってあげる」と佐々木が言ってくれた。

「あなた、好かれ過ぎると困るから」とささっとお盆に乗せて持って行ってくれた。

「何となく熱がある感じだったから、様子を見て田原医院へ行ってもらおうと思うんですが…」と佐々木は御上に聞いていた。

「そうね、午後の診療もあるから…じゃあもう少しして私から言ってみるわ」と御上は言ってお部屋に戻られた。加瀬は多川の具合が悪くなってからは三時に来てくれていて、その日の仕入れも良い物が入っているので早速、ブリをさばいていた。妙子は客室の布団カバーを、新しく掛け直す事を七部屋分していた。その間に多川は出掛けられる体になっていたので、佐々木が連れて行く事になった。妙子はその後、露天風呂のお掃除を山園と取り組んでいた。顔に洗剤が飛び散り、ユニフォームにも汗がにじんだが朝の仕入れも女性が担当されていると思うと二人は頑張れた。多川は熱が三十八度弱あったらしく、田原医院から帰るとすぐに横になっていた。御上はそれだったらしばらく休むように言われて、朝の仕入れは何とか女性でやっていくから…と励ましていた。御上は崎岡と妙子を部屋に呼び、多川以外の仕事の段取りを説明した。お客様用メニューは御上が考えられていて、今さばいてもらっているブリとサバ以外に、単品の注文用の魚の仕入れを頼まれた。

「それじゃあ、私が坪倉さんを連れて朝行きます、あさってからでいいんですね」と崎岡は念を押した。その日は加瀬も、「本当にしようがない、御上さん達に迷惑な事になってしまって…」と申し訳なさそうに言っていた。御上は住み込みや朝の仕入れの疲れが出たんでしょうと、気持ちを楽にしていた。

富戸の朝

十一月中旬以降のメニューに、寒ブリ寿司と寒サバの煮付、鍋物では寒ブリと野菜の味噌鍋が追加された。イワシは大抵あるので冬になると、イワシのつみれ汁も加えられて、つみれ汁の出が悪い場合は、多分従業員の食事でイワシのみりん浸け焼きにもなるだろうと御上は考えていた。妙子が朝の仕入れに行く日は五時十五分頃に起きられるように、目覚まし時計をセットして、身支度を整えてからは玄関と表《おもて》の掃除をしていた。厨房の鍋を見ると昨日の残りの味噌汁があった。多分これを食べてから出発するのではと思い、テーブルを整えていた。その時、「お早うございます」と言う玄関で佐々木の声がした。

「ああ、佐々木さん、お早うございます、今日は私が朝、崎岡さんに付いて行きますので、お客様用の食事の方、すみません」と妙子は言った。

「ええ、今日は少し緊張したわ、起きられるかどうか」と佐々木が言っている時に、崎岡がスラックスをはいた姿で現れた。

「ああ、お早う、坪倉さんも早かったね、まず皆で朝食べてから」と崎岡が言うと、「私は少し食べて来ましたから…おにぎりも二つずつ食べて行かれたら？私は、余った時でいいんです」と佐々木は言った。崎岡は微笑《ほほえ》みながら、「有難うね、私はここでこんな気持ちの人と仕事してたから今まで続いたのかもね、坪倉さんも一緒に食べましょう」と椅子を引いて言った。

「はい」と妙子は鍋の味噌汁を二つ分注《つ》いだ。妙子は上にパーカーをはおり、小雨がパラついても良いような格好をしていた。

「あなた、なかなか慣れてるように思うんだけど、一緒に付いて行った事があるの？」と崎岡は出る間際に聞いたので、「はい、朝ではなく卸売市場の仕入れに行った事があります、でも二回位で…」と妙子はペットボトルを二本用意したものを、ビニールの手さげに入れて答えた。

「そう、あなたは今まで多くの経験があるから…学校は英文科だったんですって？ねぇ、社会に出たらいろいろな事させられるでしょう」と富戸港への途中、軽トラックを運転しながら崎岡はそんな事を話した。トラックの後ろにはバケツが二つ積まれていた。約三十分も掛からないうちに車は富戸港に着いた。御上の時よりも朝が早いので、男性の姿も十数名見られた。なかには近くの料理店の板前と思われる人もちらほら見掛けた。妙子はバケツを二つ持ち、二十センチ位のイワシを捜した。崎岡はさしみ用を頼まれていたので、クロダイを三匹押さえていた。

「坪倉さーん、あなたの捜してるイワシはここ」とや、大声で崎岡が言った時に、女性の声がめずらしかったようで一度にふり返られた。イワシは十六匹、妙子のバケツに入れられた。どっと重たさが加わり、ピチピチはねたイワシは中央がキラキラ光っていた。崎岡は透明の大きなビニール袋に入れられた、クロダイを腰をかばいながら持っていた。

「さぁ今日はこれで完了、雨が降らないで良かったね」と崎岡は妙子の出したお茶のボトルを口飲みで、ゴクゴクと飲んだ。崎岡は、「また、あなたも誰かを連れて行かれるから、大体の手順を覚えていて下さいね」とトラックの後ろに魚を積んだ。

「さぁ、坪倉さん乗って、修善寺へ帰ろう」と崎岡はエンジンを噴《ふ》かした。三十五センチ位のクロダイだったら途中、「やまと屋」に寄らなくてもと思い、直接「かねざき」へ帰る事にした。二人は勝手口から入り、履き物を脱いだ。

「あら、お帰り」と御上は快く《こころよ》二人を迎えた。崎岡は今日の報告をして、クロダイのこれ位の大きさだったら、冷凍庫にも入ると思いましてと言う内容の事を話していた。

「イワシは十六匹ね、そう、なかなかきれいなのが入ってる、えっとー、今日このイワシはもう中身を出してしまった方がいいので、坪倉さんと山園さんに出してもらうわ」御上は多分、妙子であればそれ位は出来そうだと思っていた。

「イワシはそれまでここに置いといて」と御上は指示した。妙子は帰ってからユニフォームに着替えて、客室のお掃除と手洗いの掃除をした。今日のおにぎりは佐々木の担当になっていたので、妙子にとっては少しの気分転換になった。午前中に十五分程度の休み時間があり、その時は電話にも出なくて済むので、妙子は自分の部屋でごろんと横になっていた。目を閉じていると板倉正哉の事が思い出された。河津の卸売市場に一度連れて行ってもらった時に、「そんなサンダルで大丈夫?」と市場で履き物が濡《ぬ》れるのを気遣ってくれた事があった。妙子は手紙を今日出した。十二月にはどうしても一度会いたいと言う気持ちを妙子は手紙にしたためていた。そう思いながら髪をとかし再びゴムでくくって、調理場へ行った。

「坪倉さん、きれいなイワシが入ったわね、イワシの中身を出す事位は、いちいち加瀬さんに頼らなくても女性で出来るから、今日はあなたにお願いしておきます、ただし十六匹はねちょっと多いから、八匹ずつ山園さんと分けて下さってもいいんですよ」と御上は言われたので、妙子は、「出来るだけ私がやろうと思います、昼からでもよろしいですか?」

と尋ねた。御上は了解と言うような、うなずき方をされてお部屋に行かれた。多川の昼食のおかゆは佐々木が作っていた。熱も三十七度二、三分まで下がってきたようで、皆少し安心した。佐々木は昼食を運んでからは、ネットに入った妙子の洗濯物と多川の物を別々に洗濯した。

調理場を初めて使う妙子の気持ちは緊張感があり、家庭包丁と違って魚のイキに圧倒されない位の心意気が必要だった。縦四十センチ横八十センチの白いまな板に、赤が染まり中身を出す作業を繰り返していくうちに内容物の臭いが部屋にこもった為に、妙子は換気扇を付けた。十匹まで続けてしていると山園が、「坪倉さーん」と呼んでいた。小走りに調理場に来ると、「あのう、朝の仕入れも行かれたそうで…私が残りしますよ」と和《なご》む事を言ってくれた。妙子は、「有難うございます、家ではあまりこんな量をやってなかったもので…少しむうっとしますね、すみません」と言ってまな板をきれいにした。

「中を開いて、骨は付けたままね」と山園は後の段取りを引き継いだ。厨房では加瀬がブリを鍋物用に、一センチ位の切り身にしていた。その隣で妙子は、数日前に仕入れた長い昆布を洗っていた。御上から二センチ位に切って、佃煮を作るように指示があった。加瀬は、「山園もそうだけど、この子も煮物が上手そうだから大丈夫だと思うよ」と見込まれたようだった。妙子はレンジの右側の大きな鍋で佃煮をコトコト炊いて、仕上げに鷹《たか》の爪を入れるかどうかを加瀬に聞いた。鷹の爪を入れるものを小鍋に移すように指示をされたので、妙子は料理箸でつるつるっと小鍋に移した。そして再び火を入れ、鷹の爪の輪切りを三つ程入れた。妙子の作った昆布の佃煮は、従業員の夕食時にも好評だった。御上は、「この佃煮はね、お客様にも食べて頂きますから、冷めたらこの器に入れて保存して下さい」と従業員用とを分けていた。後は白菜のお漬け物を明日準備するように言われた。多川はおにぎりが食べられる位、体の調子も良くなっていた。

祝日の前日は六部屋まで、うまる事があった。サザエも二十個仕入れたのが、香味焼きが二個ずつだといっぺんに十個もガサッと減り、朝の仕入れの重要性を感じた。夕食のあじわいセットなどセットメニューも幾品かあるが、寒ブリの味噌鍋と寒ブリ寿司がこの所よく出ていた。夜の十時台は夜食で何が出来るかと聞かれた時に、妙子はおにぎりと白菜のお漬け物を薦める事があった。こんな時間でも作ってくれたと言うお客様の安心されたご様子を見ると、妙子も多い目に作っておいた甲斐があり、一日の終わりが心和むものになっていた。そろそろ多川も朝の仕入れに出掛けられる位になったと報告をされた。ただ十一月も二十日を過ぎると朝の寒さはとてもこたえるものがあり、多川ひとりではあまりにも重くかわいそうだと思って、妙子はその日の朝の仕事を崎岡と佐々木にお願いする事にして、多川に付いて行く事にした。多川は朝も、「坪倉さん、有難う、もうみんなに迷惑掛けてしまって…もう大丈夫だから…」と支度をしていた。朝はいつも通り六時に出て、軽トラックで富戸へ出掛けた。妙子は青の野菜ケースに入っている昆布とサザエを捜している時、小雨がパラついてきたのであわてて傘《かさ》を出して、「多川君」と呼んだ。風邪を気にしていたので、やゝ駆《か》け寄り多川に傘をかざした。相々傘になるような感じで、「私、このサザエがいいと思うんだけど…」と妙子は言うと、多川は、「うん、今ここにあるものと、それとブリを頼んでもらってるから、その他のものもあるかも知れないから、ちょっと見て来る」と言って傘から外へ出た。

「あの」と言う呼び止める声で、ひとりの板前が妙子をやゝ離れた所から見ていた。板倉正哉《しょうや》だった。多川は咳《せき》をしながら帰って来て、「ブリは後で持って来てもらえるらしいから、クロダイを二匹は手に入れたから、ほら」と言ってイキの良いクロダイを見せた。妙子はバケツに入れたサザエと昆布を片手に持ち、片方で傘をさして多川も傘に入れようと気遣っていた。

「そう、そしたら良かった」と妙子と多川はトラックの方へ戻った。板倉正哉は二人の後ろ姿を見ていた。

「おい、正哉、知ってる人か?」と同僚の田屋《たや》が聞いた。

「うん、河津の店の人、車を借りようとしたのもその人に会おうと思ったから…」

「そうだったか、でも女の人で仕入れに付いて来るって言うのは、なかなか熱心だな」と田屋は感心して、ぼんやりしている正哉を元気づけた。

「正哉、時間はすぐに過ぎる、おまえはこれを持て」と田屋は正哉にサザエを持たせた。

「男性と仕入れに行くような事、手紙に書いてなかったのに…」と正哉は帰りの車でつぶやいていた。

白菜のお漬け物作り

多川と妙子が「かねざき」に着いたのは、七時過ぎ頃で崎岡と佐々木は朝食の片付けをして、お客様の食事を運ぶ準備をしていた。

「お帰り、今日はね皆さん七時半のお食事だから、ちょっと余裕があってね、雨がパラついてたんならもうちょっとしっかり拭かなくちゃ」と崎岡は多川にタオルを渡した。

「ああ、すみません、ちょっとまだ喉《のど》が…」と多川は言っていた。

「クロダイもいいものがあったね、えーっとブリは十時頃に持って来てもらうのね」と崎岡は仕入れのチェックをしていた。

「今日はその頃卸売の方から野菜も届けてもらうので、白菜半分ずつにして塩漬けを作って下さい、前にね山園さんに作ってもらったんだけど鷹の爪が入ってて、念の為にないものを作っておこうと思っているの、坪倉さん、お願いしますね」

「はい、かしこまりました」

「それと、私とトラックで通った公園のあたりにね、漬け物石になるような これ位の石があるから、それを三つ程取って来て、それも山園さんと一緒に行って下さい、じゃあ」と崎岡は着物の裾をサッサッとなびかせるように厨房へ行かれた。妙子は段取りを聞き、いつものように露天風呂のお掃除を今日は佐々木と分担して、内風呂は多川がやってくれた。

「イワシの処理まで、してくれたって御上さんから聞いた、有難う」と多川が後で御礼を言ってくれた。昼食は多川の体を考えての事か御上がブリ大根のすまし汁を薦めてくれた。

そしてその後、昨日のお客様用の炊き込みご飯が五人分程あるので、おにぎりとを選ぶ事になった。朝の仕入れの係りは食事が先になり、今日は時々咳《せき》をしている多川と同じテーブルに着いた。

「クロダイのお造りとかブリの鍋物が出てて、良かったな」

「うん、そうね、お客さんに通じたのかも…それにしてもあったまるわね」と妙子はキリッと引き締まったブリで朝の寒さが癒《いや》されるようだった。山園が出勤したのは皆の食事が終わってからで、漬け物石の事を聞くと、「じゃあ、私はこのままで行きます」と妙子を待っていた。入れ替わりで佐々木は帰られる時間になった。

「坪倉さん、雨に濡れてるから手を滑らさないで」と山園は公園で声を掛けた。

「はい、気を付けます」と注意深く両手で持ち、トラックの後ろに置いた。石は三つの所が梅干も言われるのではないかと、念の為に五つ積んだ。雨はもう上がっていたのに、足元も滑りやすく注意が必要だった。

午前中に届いた白菜は、真っ二つにきちんと分けられ塩が用意されていた。妙子と山園は厨房で並んで白菜をきれいに洗い、ペーパータオルで水気を切り、だし昆布を十センチ位にパキッと折っていった。塩を下の葉からふって昆布を挟《はさ》んでいく事を繰り返して、少しぶ厚くなった状態で、ビニールを敷いた瓶《かめ》に入れて、ビニールを覆《おお》って持ち帰った漬け物石を乗せて調理場に置いた。二、三日後に様子を見ようねと二人は言っていた。丁度その頃郵便物の担当の多川が、妙子宛の手紙を持って来てくれた。差出人は板倉正哉だった。妙子は休憩時間になるのを心待ちにして、正哉からの手紙を読むのを楽しみにしていた。客室の部屋着セットを一セットずつたたむのも幾分早くなり、その間にほつれた部分も繕《つくろ》われていた。多川とは休憩時間が違っていた為に、妙子はお部屋でゆっくりと過ごす事が出来た。正哉の手紙には最近は朝の仕入れにも立ち合っていて、土肥《とい》港へ行く事が多いがこれからは富戸にも連れて行ってもらうと言う事が書かれていて、一度どうしても電話をしてもらいたい、携帯電話もやっと手に入ったからとの事で携帯電話の番号が書かれてあった。妙子は正哉が連絡を気遣って、こちらに電話をしない気持ちがわかっていた。今電話をしても留守番電話と思っていても、後三分あると思って掛けてみた。妙子はメッセージに、「私も木曜日でいいと思うから、また夜に電話します」と言う言葉を入れ、二人共電源を切っての留守番メッセージのやり取りになった。正哉の休み時間は四時三十分頃で、正哉は妙子の録音された声を聞くと安心した。同僚の田屋にも車を頼んでいたので、木曜日だったら良いとの了解を得ていた。その日は夜の休憩時間が十時を過ぎていて、妙子があわてて携帯の電源を入れると、正哉からのメッセージが入っていた。朝の仕入れは富戸まで行ってるの?ちょっと心配してる、夜はいつでもいいから電話してもらいたい、と言う正哉の声があった。妙子は気を取り直して、落ち着いて電話をしてみた。五、六回のコールで正哉は出てくれた。

「はい、もしもし、ああ妙子さん」

「ああ…もしもし、しばらくだったわねぇ、もうこんなに寒くなって、あのう実は私、板前の人が風邪気味だったので付いて行ったの、ただそれだけだから…」と妙子は丁寧に言った。

「そうかぁ、それだったらわかる、手紙だけでは本当にどうなったのかって、ちょっと悩んでて…」

「うん、有難う」

「それで木曜日の朝十時に、修善寺温泉のバス停に行くからどう?」と正哉は尋ねた。

「ええ、その時間だったら大丈夫、じゃあ私そろそろ時間で」と妙子は時計を見ながら言ったので、「じゃあ、また」と正哉は一安心して言った。

板倉正哉との再会

木曜日は十二月に入ってからも取り立てて問題はなく、その後多川もひとりで仕入れに行ける位に回復したので、皆の協力で今まで通りのシフトで進められていた。妙子のお休みは週一回で大体木曜日が多いが、お客様の状況で水曜日にふり替えられる場合があった為に、正哉とはなかなか会えずじまいだった。今日は崎岡達も、「前々から、あなた木曜日がいいって言ってたでしょう、十二月位はねぇ何とかならないと…ね、行って来なさい」と快く送り出してくれた。玄関で、「行って来ます」と妙子が言うと、崎岡は、「あまり遅くならない様に…真っ暗になるのよ」と笑顔で言ってくれた。妙子はしばらく母親を思い出した。修善寺温泉のバス停まで歩いて十分程の所を、ハンドバッグと手さげを持って妙子は気持ち高らかに歩いていた。ふと白のワゴン車が妙子を通り越して、窓を開けて声がした。

「妙子さん」と言う板倉正哉の声だった。妙子は急いで前のワゴン車の中を見つめると、正哉の笑顔があった。

「ああ、板倉さん」と言って妙子は正哉の車に乗った。正哉の行き先は、「虹の郷」へ行ってみようと言う計画だった。車で三十分程かかったが二人は、手紙には書いていないとても辛い気持ちを語っていた。妙子はスカートにタートルネックのセーターを着て、ジャケットをはおっていた。正哉も普通のスラックスに編み込みのセーターを着て、普段着を見ていない妙子にとってとてもめずらしく思えた。何か食べようとレストランを捜すと、外国のイメージに見立てたのどかな風景の向こうに家族的なレストランがあった。二人は窓側の席に向かい合って座り、食事をいろいろ考えたがハヤシライスを注文する事にした。

「河津の時は従業員全員で、こんな家族的なアンディランドって言う所に行ったわねぇ」

と妙子が言うと、正哉は、「うん、もう随分前だったように思う、あの頃は良かったなぁ…って思う」と言いながら煙草に火を付けた。正哉は煙をふうっと吹かして、「店では煙草が休み時間でも吸えなくなったから…」と言った。

「そう、それでお店は何人位でやってるの？」

「全員で八人、板前と親方合わせて四人、女性の運び屋が三人…」

「そうなの、手紙には先輩がとてもきつい人って書いてあったけど…」

「そう、その中で梅崎って言う人」

「そうなの…、やり方が違うだけで頭を叩くなんて…」と妙子は目の前にハヤシライスが運ばれてくると、腹立たしさでより一層赤くなったような気がした。

「うん、食べよう」と正哉は気を取り直して言った。

「ええ、それにしてもかわいそう」と妙子は熱くて赤いルーをスプーンでからめてひと口、口に入れた。

「うん、おいしい」

「あっ本当においしい」と二人は日頃の努力が報われたような気がした。

「それ以外にもいろいろある」と正哉は、やゝ腹立たしげにスプーンですくった。食後のコーヒーは二人の気持ちを柔らげた。

「妙子さん、日頃コーヒーなんて飲めなくなったんじゃない？」と正哉は聞いていた。

「うん、実はそんな所が全然違う生活の所、だからお休みの日に修善寺まで出て飲む位かな…だから今日はね、とってもおいしいコーヒーなの」と妙子は気持ちを高らかにコーヒーを飲んだ。会計はその日は二人共、修行の身と言う事もあってそれぞれ支払った。

「さぁ、板倉さん行きましょう」

「あの、板倉って言う名前だったら正哉さんの方がいいな」

「そう？じゃあ、正哉さん」と言って、二人は歩き出した。日本庭園の中のベンチで二人は腰を降ろした。妙子は正哉にペットボトルのお茶を薦めた。

「ああ、有難う」と正哉は勢い良く飲んだ。

「妙子さんはいつもよく気の付く人だったから、新しい店でもうまくやってるだろうって思ってたから…良かった。これね、これも先輩がちょっとやる事が違うだけで、蹴《け》りやがって…」と正哉は靴下を下げて、くるぶしの所の赤い切り傷を見せた。

「まぁ、そんな目にあわされて…」と妙子はハンカチに水を浸けて傷口を押さえてあげた。そして絆創膏《ばんそうこう》を貼った。

「うん、有難う、傷口見てるだけでいつまでも腹立たしくて…多分店の女店員が自分とか若手二人の男に興味を持ったりしてるのも、機嫌《きげん》をそこねた原因なのかも…」と正哉は分析していた。

「そう、正哉さんなら気に入られてると思う」と妙子も納得する所があった。二人は餡を食べ、なお話に花が咲いた。そして手をつないだ。二人の手はそれぞれとても冷たく、水仕事で荒れていた。

「妙子さん、住み込みって大変だなぁ…手をつないでてそう思うよ、そのうちに通うようになる？」と正哉は心配していた。

「うん、私も不便な所がいっぱいある、夜の客室からの呼び出しボタンも点灯するしね、だからもう少し続けてみてまた考えてみたい、私ね、新しい事を考えようとしても不便さを経験すると、その中の人の優しさを垣間《かいま》見る事があったの、〝みさき屋〟でもあったけど、郵便局時代はあまりない、だから今の不便な職場が多くの事を教えてくれたの、だからもうひとりの男性の住み込みの人も続いてると思うの」妙子は毎日の状況を語っていた。

「そうか、自分も辛いけどもせっかく前の親方がなぜか自分の事を思って勧《すす》めてくれたと思うように、何度もした事がある」と正哉は足を気にしながら話していた。

「だから朝の仕入れにも付いて行けるようになったし、どこかこれからの私の人生の重大な勉強になったと思ってるの、ただ今後の見通しがまだわからないけど自分の人生にとって経験がものを言うから、とにかく頑張りたい、それとまた仕入れで見掛ける事があっても心配しないで」と妙子は日頃の気持ちを語った。

「今日は今までの事を話せて良かった、また会いたいから会える時に…」と正哉はいつになるのかを言わなかった。「虹の郷」の空気は澄んでいた。そしてまた連絡をする事を正哉は車の中で言って、修善寺温泉まで送ってくれた。妙子は正哉の車が通り過ぎるのを待って見送った。

年越しの夜

それから年の瀬にかけて、御上が例年と比較してみても今年は割と忙しい方だと言われた。なかでも寒ブリ寿司がおいしかったとか、クロダイのイキがいいね…と言われると女性達も協力した甲斐があったねぇと、忘年会と言うより慰労の宴を従業員の皆で設け、盃《さかずき》に口を付けるようになると、より一層日頃の努力を思い出した。長い机を二つ並べて向かい合わせで鍋をつつくと、サバの身がブリに対抗し合っているように見える程、しっかりしていた。後はサバの頭や尾とごぼうの残り物を再利用した、あらだきを皆で食べた。

客商売の大掃除と言うのは、お客様のいないチェックイン前の時間がとてもあわただしい。年末の予約は今の所、三十日まで入っていた。その為クリスマスを過ぎてからも朝の仕入れは、や、多い目に買い置きする事になっていた。どうしても同じパターンになる事が多く、養殖《しょく》の魚の仕入れは加瀬が熱海の卸売業を知っていたので、鮟鱇《あんこう》などめずらしい魚がある時は、こちらにも分けてもらう事があった。先日も下田からのお客様で修善寺で一泊して東京へ帰られたりして、妙子のように一度修善寺で…と言う気持ちで気の向くままに下車して、泊って下さるイメージが「かねざき」にはあった。

「坪倉さん、今回はもうこのお部屋着セットは、クリーニングに出しますから、布団カバーとシーツとを分けていて下さいね」と佐々木が言った。

「はい、わかりました。それにしても全ての部屋をしていたら、真冬なのに汗が出ますね」と妙子はハンカチでじっとりする汗を拭いた。

妙子は頃合いを見て正哉に電話を掛けようとしても、休憩時間はすぐに過ぎ、あれから一度しか直接話せなかった。三十日はクリーニングの物をいろいろ引き取ってもらって、玄関のマットや飾り棚の敷き物も新しくなった。最初は洗濯物の多さにも驚いたが、タオルの量と浴衣の量にも慣れた。大晦日は山園と佐々木は夜六時までしか勤務出来ないと打ち明けていたので、少し早い目に年越しそばを食べてもらった。二人は申し訳なさそうだったが、御上としてもご家庭の和も充分大切と考えられていた。帰りに従業員のひとりひとりに今年の挨拶をされて、家路に向かわれた。来年は三日から私達来ますから…と言う言葉が印象的だった。

妙子が年越しそばを食べたのは、夜十時過ぎだった。食べようと思えば電話、食べようと用意をしかけるとコールボタンで約二時間半、行ったり来たりしてユニフォームの足には身が入っていた。ひとつおにぎりが余っているように思って、しようがないと食べた。客室からの要望で夜食には、おにぎり一個と言う訳にはいかないので、年越しそばをお薦めしようと心掛けた。やっと休憩が取れるようになると、妙子は正哉に電話を掛けてみた。しばらく待っていると正哉は電話に出てくれた。

「はい、もしもし」と落ち着いた声だった。

「はい、ああ私です、妙子です」

「ああ、疲れただろう?今大丈夫?」と正哉は大晦日の大変さを知っていた。

「あのう、挨拶だけでもしたくて…」

「うん、こっちからも電話しようと思ってたから、あれからも割とうまくいってる方かなぁ」と正哉は幾分、先輩のきつさにも慣れたようだった。

「朝の水は手も凍るようだし…、仕入れは?」

「ああ、今はね土肥《とい》に連れて行ってもらってる、妙子さんは？」

「うん、私はあれからは行かなくても良くなったの、板前さんが手配してくれて…」

「そうか、それは良かったな、もうそろそろ時間じゃないの？こちらは家だからいいけど…」と正哉は疲れたように言った。

「そうね、今年は再会出来て良かったわ、来年もよろしくお願いします」と妙子は年下の正哉に礼儀正しく言った。

「うん、本当に会えて良かった。来年は今年よりも頑張るから、また会おう、じゃあ…」と正哉は前向きな気持ちを伝えてくれた。河津の料理店と違って、住み込みは帰りづらい、そう思うと家に帰れる人がうらやましかった、と言っても感慨にふける間もない。客室からのコールボタンは妙子に年越しそばを四人分作らせた。

崎岡のお料理

こちらで年始を迎えられたお客様は二組あり、一組は六十歳台の熟年夫婦でお料理と湯《とう》治《じ》湯を楽しみに来られたらしく、三十日までの所が連泊になられた。十時過ぎ頃にお茶をお持ちすると、こんな時間に若い人がおられるわと、びっくりされたらしい。ずっとこちらにいますから…と伝えると、そうだったのと幾分安心された。母親と同じ世代のお客様は、ハードなお仕事だろうな…と想像されているようで、かわいそうなと言う少し悲哀の目で見られたように思う。そんな時も確かにあるかわからないが、自分でかわいそうなんて思っていたら人生はキリがないし、仕事が遅れる。涙はいつでも流せるが、流さないで耐えていこう、それが妙子の信念だった。

玄関やそれぞれの客室には、掛軸の下に松や南天、菊が数本生けられている。そしてその隣には小さな鏡餅があり、いつもと違いお部屋に引き締まりがあった。板前主の加瀬は昨日からお正月料理を数品仕上げていた。朝食は八時以降を希望されていたので、普段よりも朝は気分的にゆっくりしていた。妙子は表の掃除を手早く片付けて、玄関の拭き掃除をやゝ念入りにしていた。掃き掃除は前日の夜に済ませる事も多かった。三十分後に崎岡と多川が出て来て、新年の挨拶をかわした。

「坪倉さん、昨年は初めての住み込み生活で、どぎまぎする事も多かったと思うの、今年も頑張って下さい、それとあなたのお体の事もあってね、念の為に住み込みの女性と男性を募集しています、だから今年はアパートの方も考えられるかも知れないわね」と崎岡は前に多川と妙子を座らせて言った。

「そうですか、有難うございます」

「あの、僕の方もですか？」と多川は崎岡に聞いた。

「ええ、あなたも早番を交代制にしてもいいと思う、長い人生だからね」と言う崎岡の言葉に、思いやりのある人と感心させられるものがあった。そんな話をしていると、御上がいつもと違う正装した着物を着て来られた。皆、御上に、「御上さん、新年明けましておめでとうございます、今年もよろしくお願い致します」と起立してお辞儀をした。

「ええ、おめでとうございます、今年も頑張って下さいね。期待しています」と御上は言われて、椅子に腰掛けられた。妙子はすぐにお茶の用意をして、四人分のお茶を注いだ。

「年末から特に冷えるわねぇ、あなた今年は足の具合は？」と御上は崎岡に聞いていた。

「はい、昨年からは少し良くなったように思います、鍼《はり》を奨《すす》められたりしたんですけど」

「そう、鍼は向き不向きがあるから、何とも言えないわね」と御上はお茶を飲みながら言った。

「あなた達もこの仕事で、冷え過ぎるとやっかいだからね」と御上は住み込みの二人の体を少し心配していた。

「今日はね、お正月料理が多い日にあるからあなた達も、朝食はデラックスになるわよ」

と御上は年明けから料理の事まで、気遣ってくれた。多川が部屋に戻ってから崎岡は、「坪倉さん、あなただけになったから言うんだけど私ね昨日、海老芋と棒鱈の炊き合わせを作ったの、このお料理は男女のお客様に、お正月出すんだけど、あなたも多川君とは別に食べてみるといいわよ、ね」と鍋の中を見せてくれた。鍋の中には、薄茶色に色付けられた海老芋にふくらみのある、ほろっとした肉厚のにかわのような照りのある棒鱈が寄り添っていた。

「このお料理、覚えててね」と崎岡はいつもより優しさがあった。

お客様用に盛り付けられた正月料理は、ごまめ、数の子、黒豆が揃い、後からブリの照り焼きぎんなん添え、海老芋と棒鱈の炊き合わせに、すまし汁風味のお雑煮があり、食欲をそそるものがあった。妙子達は食事のサービスの前に屠蘇《とそ》を注ぎに行った。四十歳台のご夫婦らしいが、妙子が部屋に入るまで金銭の話をされているようで声が響いていた。気を取り直して朝食を…と言う気持ちが通じたのか、妙子が運んだお正月料理を見ると心が和《なご》んだようで、ご夫婦の空気もやゝ柔和になったようだった。

「崎岡さん、先程頂いた海老芋と棒鱈のお料理ですけど、めずらしいお料理ですね、里芋と違ってきめが細かくて胃に優しい気がしました、多川君とは別々に頂きました」と妙子は報告すると、崎岡は、「うん、それだったらいいけど、そう言うものを一緒に食べると仲が良くなり過ぎると困るから、ね」と言った。

「そうなんですか、お料理っていろいろ意味がありますね」

「そう、だからご夫婦が多く食べられてるものを、あんまり結婚を考えてない二人が一緒に食べない方がいいと思う、あなたも住み込みで良い縁を遠ざけても困るしね」

「はい、私も気を付けます」と妙子は素直に言った。その後、板倉正哉は風邪をひいたらしく留守番電話に入った声はかすれていた。二日の午後から仕事との事が録音されていて、多分疲れて休んでいるのだろうと妙子は思っていた。

生まれ故郷の土地

元日の夕方頃になって、妙子は正哉と新年の挨拶をかわした。やはり正哉は風邪で節々《ふしぶし》が痛いらしかった。熱はあまりないようなので、初出は大丈夫だからと言っていた。年末に食べ物を買っていたそうで、何とか体力を維持出来たのだろうと思った。お正月休みが過ぎてからは、少し暇な時間が出来たのでクリーニング店に引き取ってもらわずに、寝巻代わりの浴衣にもアイロン掛けをしたり、繕い物で週に三日位は時間を費やす事になった。そろそろ一度、三島にも帰りたい気持ちになっていたが元日の母との電話のやり取りで、そうあわてる事もないと思うようになっていた。母は紡績会社に若い頃から勤めていて、ひとり娘の妙子を育てた。妙子の父は大分県津久見市生まれで、男三人兄弟の次男であった。父親の転勤で家族で宮崎県の都城《みやこのじょう》市から静岡県三島市に出て来たのは、妙子が十三歳の頃だった。父親が石材会社勤務で父親の兄弟がもうすでに、近くに出て来られていたので過ごしやすかったのかも知れない。

妙子の伯父《おじ》と言うとその人達になるが父親を五年前に膵臓ガンで亡くしてからは、お正月のお付き合いもしなくなったので、母親と妙子はゆっくりとしたお休みを過ごすようになった。その三島の家に今年は二年ぶりに母親の妹、三沢須磨子が夫婦で都城から来られたと母は嬉しそうに言っていた。妙子の事を聞かれた時に、とあるきっかけで河津から修善寺へ行く事になり、修善寺温泉の旅館で住み込み修行中だと言う事を叔母《おば》に伝えると、

「何でまた妙《たえ》ちゃんはそんな苦労をしようと思ったのかしら、経理でも何でも出来るのにねぇ」と言って、ちょっと勿体《もったい》ないんじゃない?と言う顔をしていた。

「それと今日、お姉さんに伝えたかったのは都城のお姉さんの土地、おそらくホテルが建つ位はあるから、もう売りに出したらどう? お姉さん、なかなかこちらが合ってるみたい

だし…それと今も紡績会社に行ってるんでしょう?大変ね」と須磨子はいつまでも自分に厳しい姉を心配していた。

「うーん、そうねぇ、あなた達が言われるように土地がずっとあったから、守られてる所もあったんだけど…良い時に売る事も大事だし…それと妙子を見てたら、まだこちらでしたい事もあるらしいし、またもう一度考えてみようと思ってるの」と良野は考えながら話した。

「お姉さん、私らね長年夫婦でスーパーに勤務してましたけども、年々景気が悪くなったりでやはり土地があるんだったら心配です。自分らの土地もあるのはあるから、行く行くスーパーを営もうと私らは考えたりしています、なぁ」と須磨子の夫は須磨子に同意を求めた。

「ええ、家《うち》の人は前向きやから…やはり九州男児やなぁって思うわ」と須磨子はお茶を飲んだ。そして和菓子をひと口、口に入れた。

「お互い、都城出身だったから土地の息づかいって言うものが、何となくわかる気がする、お姉さんは?」

「うん、私達夫婦はね、ちょっと違うように思う…と言うのは主人は大分でしょう、だから私にとって新しい風と言う気がしたの、まぁ土地の件については妙子の意見もあるから、また伝えるわ」と良野は落ち着いて言った。

二人の経歴

二月になると修善寺には梅の花が咲く。妙子にとって週一回のお休みは、気分も癒され駅まで出掛けてもさほど混雑もなく郵便局の入金もスムーズだった。母親への送金と少ない額ではあるが毎月の積み立てを妙子はしていた。郵便局にいると短期大学を卒業してから、郵便局に就職した二十歳《はたち》頃が思い出された。八年間の勤務の後、母親の紡績会社の経理事務員として二年勤務し、母親が職場の先輩だった事もある。河津や東伊豆、天城湯ヶ島を家族三人で旅行したのは、妙子が二十五歳の頃だった。妙子は川端康成氏の「伊豆の踊子」の文庫本を片手に持ち、描かれた時代の移り変わりを研究した。正哉と河津で巡り会い、気が合ったのは正哉も同じきっかけで伊豆を訪れたからだった。

正哉の故郷は大分県佐伯市で、両親も大分生まれだった。父親の漁業の都合で静岡県浜松市に引っ越したのは、正哉が十五歳の頃だった。正哉には兄がいて、兄が浜松にいる為に両親の面倒を見てくれていた。正哉は地元の高校を卒業後、板前の道ではなく電気専門学校へ進んだ。その後、電機設備関係の会社へ就職し二年勤務後、父の紹介で浜松の卸売市場に五年勤務した。そして純文学により板前の道が身近に感じられ、伊豆をひとりで旅行した時に河津になぜか愛着が湧《わ》いて「みさき屋」で働く決心をしたのが二年前だった。そんな事で妙子と正哉は、父親が大分出身であり九州生まれだと言う事で、お互い勇気づけられた事も多かった。正哉にとって妙子は四つ年上の女性であり「みさき屋」の後輩であり、経理なども出来るのに謙虚で気持ち良く自分達の作った料理を運んでくれたり、またいやな顔もせずにてきぱきと洗い物を片付けてくれるような、根性のある女性だった。どうも生まれ故郷の女性の雰囲気があると思って聞いてみた所、宮崎と言われるとなぜか納得するものがあった。店できゅうりが多かった時などは酢の物は思い浮かぶが、妙子はきゅうりを五センチずつの薄切りにして、イカの細切りといためて、みりんとだしの素で味付けした後、味噌をからめ、醤油を落とした味噌いためを提案した。正哉はそれが印象に残ったらしく、一度どこの出身かを聞いてみようと長く思っていた。正哉の母親が、なすと牛肉のいため物に、味噌をからめてや〻甘いいため物を作ってくれた事を思い出したからだった。今もその料理があれば、正哉の体も楽にはなるだろうけれど日頃の冷えが体に残り、夜お風呂でしばらく浸《つ》かっていなければ蹴《け》られた足の冷えも、なお一層こたえるものがあった。

天城湯ヶ島「かわや」

正哉は新年が明けてから、や、熱っぽい体を押して仕事をしていた。年末には外のウインドーの清掃や、生け簀《す》の水の浄化を同僚としたが風が冷たく、手も切れそうな程寒かった。新年の三日からは女店員も二人出勤するようになり、いつもの活気に包まれていた。三日はほとんど予約注文が多く、正哉は茶碗蒸しを朝から昼まで作っていた。「かわや」の名は先代、川屋公吉から命名された屋号で親方は磯田学、正哉の足を蹴《け》るような事をした先輩は、梅崎良雄と言った。大体、女性の初出の日は夜になると少しゆっくりした気持ちで、皆板前は明日からの仕込みに取り組んでいた。もうひとりの先輩は親切心のある人で、横屋雅夫と言ってその日はブリの、粕味噌漬けを作っていた。夜七時頃に後のシフトの宮尾たま子が、「お先に」と言って帰った。宮尾たま子は、湯ヶ野や月ヶ瀬など温泉地を転々とした女で、男の背中を流していたのではないか…と板前達が噂《うわさ》する程、身づくろいを美しくしようと、科《しな》を作った様子がありありと出ていた。

「あの女は三年前位から来てくれてんだけど、正哉はあまり相手にすんなよ」と時々親方は注意していた。

「この近くの温泉地の人じゃないから、自分の素行を知らないと思って手を出して来ると、自分のチャンスを逃《のが》す事にもなったら大変だ、それと梅崎、おまえはあの女の興味が若くて細い方に行ったと言って、八つ当たりすんな」と親方は少々荒っぽく言われた。

「あぁ、はい、ちょっと飲み屋で一緒だったもんで…」と梅崎はしぶしぶ答えた。

「そうだろうなぁ、もし関係が生じたらどちらかが辞めてもらうからな、それだけ覚悟しとけ、それと正哉には働き者で身元のしっかりした女性が似合うと思う、だからあんな女でこすってもしようがねぇから気を付けろ」と親方は言われ、前々から気になっていた事が言えて、スッとした様子だった。その時同僚の田屋が隣で、きゅうりの板ずりを三本も五本も続けてやっていて、親方に飾り切りを見てもらおうと待っていた。

「こんな時に、きゅうりの板ずりか、うん、まぁこれでいい、田屋は性格がいいから、おまえがいてくれて良かった」と親方は今までの二人の性格までわかってくれているようだった。

「それと今月の末位から、夜の勉強会は千切りを応用した前菜を一つでも二つでもやっていくからそのつもりで、それと正哉、くるぶしが痛むんなら高下駄でなく長靴を履《は》け、いろいろ痛む事もあっただろう」と親方は、そこにいなくてもわかってくれていたんだと正哉は感心して胸が熱くなった。

二人の勉強会

一月の中旬を過ぎた頃、妙子は「かねざき」に勤めてから初めて、母の元へ帰った。二月の梅林の頃の方が予約も増えるだろうと、御上も了解してくれた。たった一日のお休みだと外出している方がと言う、妙子の太っ腹の根性でここ数ヶ月過ごしてきた。クリーニングから返って来た白いシーツが二十枚も頭をよぎるが、それも見慣れていくしか方法がない。母とのつかの間の休日は、やはり都城の土地の事が話題の中心になり、妙子も母親の考えの通りで母が行き来する訳でなく、ある業者を通じて売却する運びを取る方が良いと言う考えだった。

「それにしても、私達が都城へ引き揚げたりする方が本来いいのかも知れないけど、もう随分、故郷を離れてるからそこで叔母さん達みたいに、商売をしたりはね、ちょっと出来ないと思ったの」と妙子はじっくりと考えて言った。

「それにお母さんもその方が良かったでしょう？」

「ええ、七十前にもなったらやっぱりそう思う、この間も不動産屋さんと話をしてたら、都城のあの土地だったら分譲マンションでも充分建てられるから、今は見込みがありますよ、また何かあったら伝えますと言われたの、ちょっとハラハラさせられるけど…」と母と妙子は、ピンク色の椿の白あん入りの和菓子を食べた。

「やっぱり、もっとその話をしようと思っても、住み込みは休み時間もまちまちだったり声が響いてしまったりして、それが一番ストレスが溜《た》まるわ」と妙子は足を伸ばして話していた。

「私も〝かねざき〟さんに、お年賀状を出した後、年明けてお電話でお話してたの、いつもきっちりとした御上さんね」

「ええ、御上さんはいつもよく考えられて、朝の仕入れから従業員の管理、経理まで幅広くされているの、私も見習いたいって思う所は沢山あるから…」

「妙子、あなたは自分の経歴をあまり言う機会がないと思って、ちょっと話してたんだけど経理もキャリアがありますと言う事を、私、言っておいたの、夜中のコールボタンも重要かわからないけど、三十二歳のあんたが行かなくても、もうちょっと考えてもらった方がいいんじゃない？」

「お母さん、その事については大体夜十二時頃には、お茶を持って行ったりとかは終わります、だから夜中にはならないし、もうひとり崎岡さんと言って御上さんの次の方が私のフォローをして下さってるので、あまり言えないの」と妙子は母の気持ちも有難いが、わかってもらいたい一心で説得していた。

「それと今、住み込みの男女も募集しているし…、それがまだどんな状態かがわからなくて…」

「そうだったの、皆の和がうまくいってますと言われるとね、何か大丈夫かと思ってね」と母は気が気でなかったと言っていた。

「お母さん、有難う、私も頑張るから…」と妙子は言って、その日は夕方の四時頃に三島から帰った。


その頃、「かわや」の板倉正哉は、お客さんの注文の品は先輩の横屋に任せて、パプリカの赤と黄色の千切りを十数個していた。夕方からは二階の座敷が新年会で使われるので、カウンター席にお客さんがおられない時は、正哉と田屋は以前言われた前菜の勉強会を始めていた。

「はい、二人共メモを執《と》れ、前菜と言ってもこれからは日本料理ではなくフレンチ、フランス風のソースを勉強する、まず基本的なソースでベシャメルソースの作り方、これは小麦粉と牛乳、バターがメインのもので、大体日本のホワイトクリームソースに似ている、今から鍋で作るから見とけ」と親方は中位の鍋を出して、まずバターを包丁で一センチ位に切り、鍋にすべらせた。親方の方法で生クリームを大さじ四杯と牛乳を大さじ六杯入れて、生クリームの粘りを落ち着かせ、調味料を入れてよく混ぜる。その方法と、もうひとつはフランス料理の方法で、小麦粉を入れる方法を別の鍋で教わった。白い皿に湯通しした赤と黄色のパプリカと白アスパラを盛り付け、最初の親方流のベシャメルソースをスプーンでかけると、鮮やかさが増した。親方と一緒に試食をしてみたが、まろやかで塩味にもコクがあり、お料理にフレッシュさがあった。横屋と言う先輩も試食されて、「これならフレンチ風と言うメニューにもいけますね」と親方に伝えられていた。そのような事で第一回目のソース作りは、正哉のノートにも新しい食材を連想させるものがあった。梅崎と言う先輩は今日は早番で帰られていたが、正哉は長靴を履き、何が何でも自分の力をこれから見せてやろうと言う前向きな気持ちが正哉にはあった。

梅の花が小粒ながら通りに花を咲かせると、妙子の気持ちも凛《りん》とした中に、愛らしさが湧《わ》いてきた。二月のお客様の中に、生後八ヶ月の赤ちゃんがいたからだ。夜の八時頃から泣かれると、お母さんがいないのかしら…と気になり外出のノートには何も書かれていなかいと確認して、お部屋の方にお声を掛けようとすると、今度は男性のあやす声がして、ああ大丈夫と安心した。そんな時は一泊かと思えば連泊になられて、赤ちゃんが風邪をひくといけないからとご両親は外出時に、妙子達にお世話を頼まれる事があった。崎岡からいろいろ赤ちゃんのお世話の方法を教わり、妙子は「かねざき」に勤めてから自分の歩みノートを作っていたので、勉強になった事などおにぎりの事を含めて記入していた。

「崎岡さん、あの、お二人は三時間位の外出ですね、それだったら大丈夫ですね」と少し妙子は気弱に言った。

「うん、そうね、この子女の子だから、ちょっと孫を思い出したわ…」と崎岡はしんみり言った。

「そうだったんですか、それにしても赤ちゃんて大変、一緒にこんな寒い時に連れて来られて…」妙子は崎岡に抱かれている女の赤ちゃんの頬をなでた。

「あなたも早くそうなったらいいね、私はそう思う」と崎岡は言って、「今日は先にご飯を食べといて」と妙子に言った。

しばらくして御上が微笑《ほほえ》みながら、「ちょっと坪倉さん、こちらへ」と妙子を呼んだ。

「あなた達、仲良く奮闘ぶりを発揮して、赤ちゃんのお世話はうまくいってる?もう、そろそろ山園さんも来られるから、今日はあなたに今後の連絡をしておこうと思って、実は住み込みの新しい人の件だけど、つい先日私と崎岡とで女性の面接をしたんだけど、多分その人になると思うの、女性の気変わりがなければ二月二十日以降来られます。だからあなたは一度、崎岡にアパートを見せてもらうようになります。家賃はひと月六万円です。住み込みはね、お部屋の使用料として少しは頂いてたけど、家賃としたら値段が毎月違い過ぎるでしょう?あなたの方はそれでいいですか?」と御上は妙子を前に坐らせて説明していた。

「はい、私もそろそろそうさせて頂きたいと思っていました、では今の私の部屋も早い目に片付けていく方が良いですね、わかりました」と妙子は肩の荷が降りていくように思った。

「あなたよりも六歳年上でね、川見さんと言ってお子さんがおられるらしいの、それで大丈夫かと思っていたら、ご実家が下田でご両親がお子さんの面倒を見ておられる…と言うのでね、私もちょっと気の毒になったんだけど、何か今までの会社が倒産したらしくいろいろなローンがあるそうで、それで子供をおいて儲《もう》けようと思われたみたい…、とにかくよろしくね、それとあなたに…」と言って御上は経理ノートを出して来た。

「これなんだけど、もう崎岡はね、坪倉さんにもして頂いたらいいいんじゃないの?と言ってて、目が痛いらしい、だから私が記入をしている所の月々の合計をこの欄に出しておいて下さい、大体あなたみたいに慣れてる人は早いと思うけど、あなたに経理ノートを渡しておきますよ」とやゝぶ厚い目のノートを妙子に渡した。

「まぁ、年季が入ってますねぇ、有難うございました」と言って妙子は両手でノートを持ち、戸の所でお辞儀をして部屋を出た。

女の人生は多種多様で苦労は比較しようがないと、妙子は休憩の時思っていた。今までをふり返ってみても、出来る限りの努力をしたと言う満足感が妙子にはあった。板倉正哉に電話をしたいと思いながら、なかなか直接話せないまま、週の終わり頃になった。妙子の部屋は崎岡が段ボールケースを持って来てくれた事で、次第に片付いていった。

新しい社員寮

近くのアパートと言っても連れて行って頂いた所は、二階建てで八部屋あり、妙子は二階の右から二つ目の部屋だった。二ＬＤＫになっていてエアコンなどは完備されているので、新しい買い物もすぐにはなかった。妙子の下の部屋を今山園が押さえているらしく、時々こちらにも来られるらしい。そして右隣が佐々木で、一階の一番左が崎岡となっていた。それ以外は知らない人で、半分は社員寮と言う感じだった。

御上がそこの大家と知り合いで、男性達とは極力別々に…と言う御上の希望があった。だからこのアパートでは男性はあまり見掛けないらしい。朝は七時からの仕事の時と、逆に夜十時までの勤務で、昼の二時頃出勤のパターンとがあった。多川の方はまだ住み込みの状態だったが、妙子の住み込み脱出と言うかそんな事であっても、微笑ましく良かったなぁ…と見てくれている所があった。今の妙子の願いは、早く新しい多川の引き継ぎ者も出て来てもらいたいな…と言う希望だった。しばらくは川見と言う女性の指導は、崎岡が担当されるらしいが、それぞれの分野で当番が回って来るので皆覚悟していた。

妙子は初めて引っ越ししたてのアパートから、正哉に電話をした。

「もしもし、正哉さん、あのね妙子です、私やっとアパートの方に引っ越したの、うん、そう、だから今やっと時間を見過ぎた疲れが出てきて…」

「妙子さん、よく頑張ったね今まで…でも僕が見込んだ人だから、やれると思ったよ」と、正哉は心から喜んでくれた。

「会う話をするのも〝かねざき〟を出るのも気を遣ったからね、今は羽をしっかりと伸ばした感じ…」

「じゃあ、また会おう、今週の水曜日、また修善寺温泉のバス停で十時に…」と正哉は会う約束をしてくれた。

「うん、じゃあその時間に行きます」と妙子は言って、携帯電話を切った。

正哉はいつものように、ワゴン車で時間通りに来てくれた。アパートからは歩いて十五分位なので、人目を気にして心掛けてくれていた。妙子は正哉がすぐにわかり、少しうなずいて車の方へ近づいた。正哉はドアを開けてくれたので、妙子は気を付けて助手席に乗った。

「妙子さん、久しぶり、十二月以来だなぁ、でも本当に良かったな、解放されて…」

「ええ、本当に、心配掛けてしまって…」

「妙子さん、今日はねとっても寒いから、僕の店がある湯ヶ島へ行こう」と正哉はもう予定を決めているみたいに車を走らせた。

「来た道を帰るみたいに、こうして走ってると二十分位で着くと思う」

「あの、着くってどこへ？」と妙子は心配で問い掛けた。

「猪鍋《いのしし》」

「えーっ、猪？めずらしいお料理ね」

「今まで早朝の仕入れにも付いて行ったりしてたんだから、体も冷えてると思う、それと露天風呂の掃除も、だからね」

「わぁーっ、そんな事まで気を遣ってもらって有難う」と妙子は笑顔になった。

料理店は平日でもあって、やゝすいていた。正哉と妙子は座敷へ通されて、向かい合わせに座った。正哉は、猪鍋だったらここと聞いたらしく、二人前を注文した。

「うちの父《とう》ちゃんも、長い事漁業組合で体を冷やす仕事をやってたから、猪鍋とかを仕事が終わって外で食べてたらしい、河津の時も休みの日に、男達で会って食べに行ったりしてたから、味噌だれで割と食べやすいから大丈夫」と正哉は話してくれた。

「そうなの…今河津の事を聞くと何か、懐かしいわ、従業員の事をいろいろ考えてくれる所だっただけに…」と妙子はお茶を飲んだ。その時、目の前のコンロに黒い鍋が置かれた。そして、野菜の中央に赤い猪肉が並べられていた。グツグツとだしが煮込まれ、顔が蒸気でやんわりとほころんだ所で、女店員が箸《はし》で肉から入れた。続いて大根、春菊、はるさめなどを入れて火を加減した。

「もう少々お待ち下さい」と言って、いそいそと厨房の方へ帰った。

「もうそろそろどうかな」と言って、正哉は箸で肉の様子を見た。

「うん、この位だったら食べれるよ、妙子さんも食べてみよう」

「ええ、じゃあ私も初めてだけど頂いてみるわ」と言って箸を割った。まず先に妙子は春菊を取り皿に入れ、猪肉を一枚味噌だれに浸《つ》けて食べてみた。

「しっかりしたお肉ね、お味噌のたれもおいしいし…」と言って、かみごたえのある肉を味わっていた。

「うん、ちょっと食べただけで暖まるよ」と鼻をすすった。

「正哉さん、これ使う?」と妙子はティッシュを渡そうとした。

「あぁ、有難う」正哉は横を向いて鼻を押さえた。

「本当に、猪肉って二枚、三枚って食べるとあったまるわ、あの、私もうちょっと白菜入れてもいい？」

「うん、白菜の柔らかい所とえのきは今の方が…それとそろそろご飯を食べよう、妙子さんもこんな時じゃなかったら、どうしても残りのご飯になるもんな」

「うん、確かに私達の為のご飯って言うのは何回かしかなかったわ、後はいつもお客様の残りが食事になるから」と妙子が話している時に、女店員はおひつと茶碗とお漬け物を運んで来た。

「どうぞ」と女店員は座敷に上がり膝を付いた。続いて急須にお茶を入れて、テーブルの上に置いた。

「妙子さんも、夜遅くにあんな感じでお茶を持って行ったりしてるのかと思うと、ちょっと心配になった事があったよ、妙子さんを見て大丈夫と思ったけど…男性の住み込みの人が何でしないの？」

「うん、あのね、その意見はねやはりあったんだけど、夜の九時からはなぜか女性の方がお部屋に出向いた時に感じが良いらしいの、以前男性にも手伝ってもらったらしいんだけど、お客様は少しがっかりされたみたいで…そんな事を聞くと女性は私以外にもいるし、大丈夫かと思って…」

「うん、まぁね、それもわかるけど、それにしてもひとり暮らしになってから何をした？って聞いた時にね、ご飯を炊いたしパンを食べたって聞くと、食べ物を大事にしてる人だなぁ…って思ったよ、本当に良かった」

「あのね、でもひとりはひとりだけどアパート八部屋のうち、半分は同じ旅館の人だからミニ社員寮かなぁ」と二人は笑っていた。

二人にとって、もてなす立場からもてなしを受けるお客様になる事は、お休みの日の大切なプレゼントだった。二人で食べる白いご飯が二人の気持ちを芯から、ほぐしていくようだった。その後に正哉は二月の勉強会の事を話してくれた。二回目はベアルネーズソースと言って、本格的には五種類位のハーブをみじん切りにして入れるらしいが、親方がアレンジ版を披露して下さるので、よく知っているパセリとタイムを使った。ワインビネガーで酸味が出る所に卵黄を入れて泡立てて、最後にバターをと言う手順を正哉は説明した。

「私、出来るだけ覚えたんだけど、また作ってみる時にわからなかったら電話するわ、何と言っても好きな料理が作れるんだから…」と、妙子は今までで一番嬉しそうだった。

「そうだなぁ、妙子さんは料理熱心だし、板前から見てもそう思うよ、じゃあそろそろ出ようか?」と正哉は言った。

「ええ」妙子は鍋物の熱気で、表情までリラックスしていた。その後料理店の回りを二人は散歩した。白と桃色の梅がちらほら咲いていて、二人を見送っていた。歌よみの会が花をめでて、筆記したりしている。

「正哉さん、私ね梅の花が好きで湯飲みに梅の花を描いたりして、自分のオリジナルのものを作りたいって思った事があるの」と二人はベンチに腰掛けた。

「僕もね、何でもオリジナルを作りたいと思ったね、ふうん、妙子さん絵が好きだったんだ」

「そう、美術系に進みたいって思った事があったけど、就職の事を考えたら難しいと思って、短期大学時代は英語をやっていたの、今はちょっと忘れてる」

「そうかぁ、想像すると別の環境になるかな、うーん」

「別の環境って？」

「うん、妙子さんはまた英語を勉強すると思うよ、いつか」

「そう？いつかそんな余裕があったら…今はまだ」

「そうか、僕はね今やってる勉強会を充実させたいし、オリジナル料理を作りたいって言う希望がある」

「そう、それは素敵な事」

「それまで弱音は吐けないぞ、親方の良さもわかってきたし…」と正哉は寒くなってきたので、車へ戻ろうと妙子と手をつないだ。車のシートは三時間も離れると冷たくなっていて、座った時に急に頭が冷えた。

「じゃあ、帰ろう」と正哉はエンジンを掛けた。車道では湯ヶ島の温泉行きのバスとすれ違ったが、二人の気持ちは鍋物とこれからの希望でふくらみ、窓ガラスも暖まったと見えて曇っていた。正哉は車から降りた妙子をしばらくの間見送っていた。

妙子はアパートに着いてから、帰りに買った小鍋や食器類を袋から出して並べていた。いつか正哉にもお料理のお味を見てもらう時が来るのかなぁ…それはいつ頃になるのだろうと思いながら、その日話していたベアルネーズソースの作り方を新しいお料理ノートに記入していた。

仕事の心得

住み込み人の川見と言う女性に、妙子が指導をし始めたのはそれから三日後からだった。おにぎりの方も上手に出来ていて、以前山園と作った白菜のお漬け物もお客様に好評で、今度は川見にも教えてあげるように指示された。お客様がチェックアウトされた後の片付けが、こんなに大変だったとは…と言う気持ちを川見はまず思ったらしい。多い時は六部屋分のお布団を運び出さなければならなかった。

「川見さん、シーツをはずしてからです」

「すいません、つい自分の家のやり方をやってしまって…」と川見は言った。

「多分そうだと思います、今日はお布団を二組ずつ干せるので、裏庭に持って行きましょう」と妙子は潔《いさぎよ》く言った。

「はぁ、女性でそんな事までされるんですか?私、つい男性がされるものと思ってました」

「うん、そうでしょう、ここは男性が板前の人だから、だから女性が頑張ってるの」と妙子は少し気弱になっている川見を勇気づけた。

「私の前は、坪倉さんって言う人が全部されたって聞いたので、どんな人かと思ったんです、あなただったら…ねぇわかります」と川見は感じの良い人だった。

「坪倉さんは、これから経理も？」川見の質問に妙子は驚いた。

「えっ？どうして？」

「あのう、私を急いで採用したのは坪倉さんに、住み込み業務ばかりじゃなく経理とかもしてもらいたいから…との事を聞いたので、私よりもまだ若いのに、本当に偉いわねぇ」と川見は今までの事に同情してくれた。妙子は自分が何も宣伝していないのに、今までの仕事の事まで伝わっているので、人の目と言うのは鋭いと認識した。

　裏庭で布団をポンポン叩いていると、御上が、「ちょっと坪倉さーん」と呼んだ。

「はい」とや、大きな声で返事をして勝手口の方に近づくと、御上が出て来られて、「あぁ、あなた、二人で大変だけどもうそろそろ私の部屋で経理ノートを付けてね」と言われた。

「まぁ、ここは今四枚干してるし、後三時間位は放っておけるから…川見さんは忘れないでね、時計見てて下さいね」と御上は言われた。妙子は勝手口から上がり、二階の奥にある御上の部屋に行った。六畳よりも少し広く見えるそのお部屋のテーブルには、経理ノートが置かれてあった。妙子は気持ちを整えて経理ノートを開けて見ると、入出金の項目が左にあり、次に金額を記入するようになっていて、伝票がクリップで留められていて、ノートに付け込みをするようになっている。まず伝票を日付ごとに分けておき、若い日付から記入していった。その結果、朝の仕入れひとつ取っても、多川が水揚げの魚を仕入れたいつもの方法と、加瀬が気の利いた養殖の魚を分けてもらったりしている値は、格別に違った。それでも客商売は、全く同じ魚と言うのはちょっと頂けない。少しでも先週と違ったものを…と言うのがマナーであるから、両方で仕入れを心掛けられている所も、経理ノートに表れていた。妙子は記入後、電卓を当ててみた。二回ずつ計算してみて大丈夫と妙子は思い、前のページを繰って見たりして、今までの店の経過を研究した。ただ妙子には、「かねざき」の土地代がどこにも記《しる》されていないので、このノートではないのか、あるいは御上の土地なのか…と詮索《せんさく》した。そろそろ一時間位になるので、今までの記入を確認してノートを閉じた。

厨房に戻ると、川見は山園と白菜のお漬け物を作っていた。川見は、「こんなお漬け物が、白菜の値段で出来るなんて…」と感心していた。塩を一枚一枚に挟《はさ》み込む事で、おいしい物が作られるような気がした。御上が勝手口から呼んでいたので、妙子が急いで行ってみると、段ボールに入っている里芋などを調理場へ運ぶように…と言う指示があった。あまりに重いので、妙子は引きずりながら調理場に持って行き、里芋をまず一キロ分水に浸けた。そしてしばらくして里芋の皮を包丁でむいていった。ひとつむけばボールの水にころんと落ち、浮き上がる。そんな事を肩が痛くなってきたが、二十個程はやっていた。「あのう、こちらは終わりましたが…」と川見の声がしたので、「そう、丁度良かったわ、あのね、里芋を全部むかなければならないから、川見さんも」と妙子は言うと、「はい」と返事をしてくれて、二人は並んで一時間半にも及ぶ皮むきを根気良くやっていた。

今日は山園が、お味噌汁を準備したり、板前二人が熱海に仕入れに行っているので、出来るだけの事を手伝っていた。板前が帰って来る時間になれば、布団の取り入れをしなければならない。川見は再びポンポンと叩いて、四枚を取り入れていた。その頃、妙子は御上に経理ノートをチェックされていた。御上からはこの要領でいいから…とのお言葉を頂き、妙子はホッとした様子だった。おそらく週に二回はノートを見せてもらうから…と聞いても、妙子は了解した。下に降りると、もう加瀬と多川は帰っていた。調理場には白菜、にんじんなど野菜が多く入った段ボールケースが二箱増えていた。多川は調理場に浸けている里芋の量を見て驚いていたが、この方が一番早いから…と大きな鍋で茹《ゆ》でようとしていた。

「多川君、川見さんと二人でむいたのよ、ちょっと肩が凝ったわねぇ」と妙子と川見は肩と腕を気にしていた。

「うん、有難う、今日の料理にも使わせてもらうから…いつもより、ひとり暮らしで充実してるって顔してる」と多川が言った。

「うん、そうね、やっぱり嬉しいわ、じゃあ、私はこれで失礼します」と妙子は丁寧に頭を下げた。多川はふり返って、「うん」とうなずいた。妙子はまだ、お客様が来られていない時の夕方の風に当たりながら帰る事が、今までになかった。寒さは一時間過ぎるごとにこたえるものがあった。

　新しいシフトにも慣れた頃、家で妙子が作る料理はどちらかと言うと、洋食が多かった。ビーフシチューなど、住み込み時代ではあまり食べられなかったものを作る事が出来た。妙子はそんな事を正哉と電話で話していた。そんな時、妙子はメモを用意して最近の勉強会ではこんな事を習ったと、教えられたりして妙子の方も、以前はあまり知らなかったフランス風のソースまで、レパートリーに加わった。お互い夕食を終えてからの電話のやり取りは充実感もあり、次の日の仕事のハードさも緩和《かんわ》するものがあった。

「もしもし、正哉さん、あの妙子です、どう?お仕事の方は」と妙子は正哉に尋ねた。

「うん、最近はね例の梅崎と言う先輩も、やゝおとなしくなってる」

「そうなの、いろんな事に耐えられる人だってわかったんだと思う、良かったね」

「うん、こちらも勉強会とかに出て頑張ってるから…、あのね、昨日もあったんだ、いい？昨日はね、オランデーズソースと言うのを習った、材料はバターと卵黄、レモン汁といつもの調味料」

「はい、それでこのソースはどんなものに合うの？」

「ああ、これは茹《ゆ》でた野菜がいいと思う」

「そうなの、私も前に習ったソースを作ってイギリスパンに浸けたりして、やってみたのよ、割と合ってたの」

「そうかぁ、パンにまで…、僕も親方に言われて、たまには洋食でも食べて研究して来いって言われたりするから、この間の休みとかも同僚と伊東のグリルへ行って来た、だから休みの日はそんな風に過ごしてるから…」と正哉は心配しないように言った。

「ふふっ、大丈夫よ、私も自由に駅の近くまで行って買い物して来たりしているから…」

「そうか、何か今経理までさせられてるって言ってたし…、大変になったんじゃない？」

「ううん、大丈夫、新しい人がだいぶん出来る人だから…」

「そうか、まぁそれだったら、こちらは三、四月が歓迎会とか送別会などが多くて、ちょっと仕事も多くなるけど、まぁ頑張るから、いつか僕の為に料理を作ってくれる事を、楽しみにしてるよ、じゃあね」

「はい、私も頑張るからね、じゃあまた」と電話を切った。

客室の床の間の掛軸が、梅からおひな様になり桜に変わる頃、川見にも日頃の布団干しの疲れが出たと見えて、お休みを頂きたいと言う申し出があって、ここ二、三日下田へ帰られていた。皆も確かにしようがないと思われて、貼り薬でしのいでいたんですとか、佐々木は鍼に行っているとかで、この際それぞれの治療法を打ち明けられて、しばらく雑談していた。それと重たい物を多く運ぶので、何か方法をと言われて御上は一度お昼の一時頃から、近所の按摩・マッサージの先生を呼んで、ひとりひとり点検してもらう事になった。この仕事でこうなったと言われると責任を感じられたらしく、行く行く客室を改造してベッドを置いたり…と言う案を御上は考えても、ひとつ気掛かりな事が「かねざき」にはあった。「かねざき」の土地が市のもので、市からもし依頼されれば言う通りにしなければならない。以前この旅館の近郊までが都市計画に入っていて、御上は自分の所までにはと思っていたが、今年になって市からの連絡を聞くと、小さい旅館がこまごまある所に大きな温泉施設を建てて、湯治《とうじ》を活発にさせようと言う案は出ているのは出ている、今の所は大丈夫だがあなたの所も一年後は立ち退《の》きをお願いする場合があるとの事を聞くと胸が痛んだ。

川見からの電話があり、腰にストレスが溜まったのではないか…と言う治療医の判断があったと伝えていて、こちらもいろいろな面で休んでいる間はないのですが、出来たら住み込みの人を新しく考えてもらいたい、それと明日から戻らせて頂きますと言う返事だった。人間関係もうまく行っていたのに残念ね…と言う声が皆からあったが、立ち仕事がない人だったと言う理由で御上は懸念《けねん》していて、住み込み以外であったら良いと言う人を御上はキープしていた。ただその人は、二十六歳の女性でまだ若い人なのでいつまで続くかと御上は懸念していた。次の日になって皆下で川見と賑《にぎ》やかに雑談している頃、御上は身に降り懸《か》かった多くの事を自分の心の内に秘め過ぎて、胃をとても痛めていた。誰かに打ち明けないと、と思っている時に昔は加瀬を考えたが、近所の板前とのつながりもあるせいか、やゝ警戒していた。こちらがどうなっても、包丁一本で生活していける人にはわからない事が多い。だから今回は、近所の板前からの情報が行く行く何かしらあると思い、山園に対しても同じ事を思った。御上は妙子には何か新しい事業を、自分でやって行く力があるように思った。またそう思っている時に妙子の母、良野が御上の方へ電話をしてきた。三島には三月の初めに帰ったらしく、その頃はひとり暮らしの解放感があったらしい。四月に入って良かった事は、都城にある良野の土地が売れた事だった。この事は妙子に伝えた時も、深い感動があった。御上は良野から聞いた時に、やはり自分の勘は的《まと》を得ている所があった。あの女性は何かが出来ると、そう予感した。

「あの…、私の考えですが毎日、坪倉さんを見ていますとね、何か経営をされる印象があるんですけどね、こちらで何かを経営する事をお勧めしても、いいでしょうか？」

「あのう、うちの妙子がですか？」

「はい、妙子さんは大体旅館の事は、お出来になります、だから語学も生かしたりって言うと、総合したらホテル経営もいいと思うんですよ、これからはベッドの方もお客様も慣れておられますし…」

「私《わたくし》、ちょっと冷や汗が出て来た感じで…、すぐには思ってなかったもので…私もその件に関しては相談してみようと思います。まさか三十歳台では、なかなか出来るものではないと思ったもので…」と良野は言った。

「こちらにも、いろいろ声は掛かるんですけどもね、ホテルよりも長年旅館で鍛えてしまってると、つい、でも坪倉さんならまだ新しい環境でも出来ますよ」

「わかりました、また娘とゆっくり話す事が出来ましたら…」と良野はにごして、受話器を置いた。

御上は先月までの所の合計を当たってもらいたいのと多分、妙子だったら決算書が出来ると思い、決算書を二枚机の上に置き、妙子を呼んだ。妙子はトントンと階段を上がって来て、御上の部屋の前で声を掛けた。御上の、「はい、どうぞ」と言う声がして、妙子は、「はい、失礼します」と部屋に入った。

「あのね、坪倉さん、今までの所経理ノートはうまくいってるから、今日はね、今年度の決算をしてもらいたいのね、だから私がここに記入しているから、ここの縦計と横計を出してくれたらいいの、それぞれ」

「はい、もし合計が合わない場合、調べるのは個々の項目の合計ですね、はい、わかりました」

「あのね、今から大体…一時間位でまた様子を見に来るから、まぁそれまで一度やってみて下さい」と御上は言われて部屋を出られた。

項目にはまだ妙子がこちらに来ていない、昨年の四月からの支出や仕入れがあるので、その頃は外での接待費があったとかそんな事まで詳しく読み取れた。光熱費などは、コインランドリー位の業務用の機械を二台も置いているので出費がかさむ。ただ年末のように部屋着まで全部、クリーニングとなるとその月を見てみると、やはり出費がはね上がっているから、毎月の館内での洗濯の必要性はすぐに数字に出ていた。もう一枚には従業員の給与所得が記されていて、この月はこの売上げで支出は幾らで従業員の給料の合計がこうなると…大変資金繰りに御上は困られたのではないかと、紙面を見ていても、胃を痛めさせるような月日が長くあった事を語っていた。

妙子は昔から経理をしていると、多くの人の舞台裏を見る場合があり、そんな事があっても人の裏側を知って得意げになるような人であってはならない。経理に抜擢《ばってき》されただけで、この仕事で必要な業務をやっているだけであると言う戒《いまし》めを自分自身で行っていた。だから今回の「かねざき」の従業員との人間関係でも、妙子が経理業務を追加されたと言っても、別にどう言う事でもなかった。どちらかと言うとたとえ少ない方の給料であっても、時間があってないような日もある住み込み人の存在が、やはり旅館の為になっていた事が妙子には嬉しかった。御上に言われたように、大体一時間は過ぎたように思う。丁度その時、御上の足音がした。

「ちょっと、よろしい？」

「はい、どうぞ」と妙子はすぐに答えた。

「そろそろ時間ね、ちょっと見せて頂くわ」と、御上はよく見える方の眼鏡に掛け替えた。

御上は決算書を見ながら、うなずいたりして時々電卓をたたかれた。

「うん、そうね、あなたに経理までして頂くと、私まで丸裸にされたような気がしてしまうんだけど…でもあなたのお母様からも経理の事を聞いたり、後はねあなたの生まれ故郷の事をお母様がお話されたんだけれど、やはり今のあなたにとれば、この仕事も必要だと思ったのね、うん、ここも合ってるし…あなたね、先日お母様にもお伝えしたんだけど、旅館やホテルの経営も向いていているんじゃないかと思うの、あなたの考えは？」

「あの、まだ私は旅館の経験も浅いのでまだそんな所まではわかりません。ただ、決算書などを見せて頂いてると、やはり厳しい業界と言うのがわかります、私はそう思います」

と妙子は言葉を選びながら言った。

「うん、確かにそう言う所があります。ただね、今までの他の仕事の経験も豊富で多くの事が身についていて発揮出来るものをあなたは持っています。こちらにはね、とても重要な要素の人と思う所がある、それは手で作れる所、あなたはお客様のトラブルになってはいけないと思って、まず田楽味噌を作ったでしょう？そして昆布の佃煮、続いて白菜のお漬け物と梅干、どちらかと言うと仕上がり品の値が張るものを、あなたは作れる人だから、嫌な顔もしないで…だからね、そのアイディアを生かしてみたらどうかと思ったの」

「そうなんですか、あのう、私は作れるものだったら作ってみたいって思ったんです、無添加のものを…」

「うん、そうね、それはとっても大事、なんだけど規模が大きくなると、やはり出来なくなる場合があるから」

「あのう、御上さん、経営と言われましてもこちらに土地もないので…」妙子は突然の話に汗がにじんだ。

「立ち入った言い方になるんだけれど、こちらで土地を購入されたらどうかと思ったんだけど…私の方にもね、不動産屋からの声は掛かるの、でもね、旅館を他へ移してまではね…」と御上は口ごもった。

「あのう、どうしてですか？この旅館はこのままで…」と妙子は言い掛けた。

「あのね、実はここは市の土地で、まだはっきりとはわからないんだけれど、新しい湯治《とうじ》施設の建設で後一年後に、立ち退きの案が市の方からあるの、だから…」御上の表情には長い間悩ませられた疲労感があった。

「そうだったんですか…、私はそんな事まで知らずに…」と妙子は申し訳ない気持ちになっていた。

「だから、行く行くここの人達にもわかって頂かないといけないんだけど、伝えられる人から知ってもらわないとねぇ、でも話し合いも数多くあるでしょうけど、積極的に参加していくしか方法がないし…だからね、坪倉さん、一度これからの事を考えて下さいね、前途有望な人だから…」と御上は言われた。

「でも御上さん、私はここにいようとして頑張って来ましたから、立ち退くと言ったってやれる所まで…と言う所も考えられます」と妙子は心強い言葉を言ってくれた。

「ああ、有難う、みんないい従業員で良かったって思うわ、ここでね、十六年になるのよ今年で、よくやってきたって思うわ」と御上は涙声になり、ハンカチで目頭を押さえた。

「はい、本当に、御上さん私の方は、急にではなく徐々に考えていきたいと思いますので、これからもお願いします」と言って妙子は頭を下げた。会った時から、お辞儀の美しい人だと思ったのがこのような縁になるとは…と御上は思った。

「じゃあ、もうそろそろお客様が来られる時間ね、あなたは後片付けしといて下さいね」と御上は言われて、下に降りて行かれた。

伊豆の土地

それから妙子はすぐにでも正哉に相談したい気持ちにもなっていたが、優雅な身分と思われるのもどこか嫌で、しばらく電話もしないままであった。留守番電話の声は、夜の勉強会は今実習をやっていて、自分達の料理を先輩達に食べてもらう方法もしているようだった。妙子は母とは電話で話をしていた。母の意見は、御上さんの方がそちらの地理的な事にも詳しいいし、良い物件があるとおっしゃるのなら、一度その物件を見に行ってから考えてみた方が…と言う意見で、妙子もそう言う気持ちになっていた。

都城の土地は、八十六坪で三千五百万円で売却された。どちらにしても土地購入の場合最初の支払い額が、五百から八百万円はかかるだろうと言う事実をどこか見抜いていた。そして、その残りを銀行の融資にすれば成立する可能性があると母は読んでいた。ホテルの土地と考えると、部屋割りと部屋数によってもホテルの質が変わる。小ぢんまりとした所を考えてしまうと男女の為の…と解釈されやすいので、それを避ける為にも妙子には、ある程度の敷地で考えておいた方がと言う意見を言っていた。しばらくして、妙子の気持ちも旅館のイメージから、ホテルへと移り変わりがあった。具体的にどのようなイメージを思い浮かべるかと言うと、海辺だった。

御上と妙子との話し合いで、御上は、「国道一三五号線と伊豆急行の富戸駅の間の土地が、あなたの希望に合うんじゃないかと思うから、一度一緒に見に行ってみましょう」と言われて、今度の水曜日に行く事になった。

その日、御上は妙子のアパートに別の車で来られた。妙子は筆記用具とお茶とカメラを鞄に詰め、大急ぎで家を出た。前の日に地図を見ていて、大体の場所はわかっていた。一三五号線まで行くと富戸へ早朝、行った事を思い出した。

「坪倉さん、私が不動産屋から聞いたのは、丁度このあたりの土地、それで近くには幾つかのカントリークラブがあるから、多分そこと提携すると思う、ホテル経営はね、どちらかと言うとリゾート地だったら、そこまで考えないとね」と御上はホテル経営に必要な事を教えてくれた。

「そうですか、多方面での資金が必要なんですね、それと私、ちょっとここの写真を撮っておきます、すみません」と言って、妙子はカメラを取り出した。そして写真を二、三枚撮って母にも見せたいので…と言った。

「坪倉さん、気に入ってくれたみたいね、ここだったら、百坪以上あるわ、どれ位の値《ね》になるかわからないけど…、もし良かったらここで幾らになるか参考までに聞いておいてもいいと思うの、今から修善寺の不動産屋まで行ってみようか？」

「ええ、でも多額過ぎて…私には決心がつくかどうか、ただ母もホテルで小ぢんまりし過ぎるのも向かないような事を言っていたもので…そんな状態で行ってみてもいいのでしょうか？」と妙子はカメラをしまった。

「うん、そうね、でも大体幾らの相場かを知っておく事もいいと思うの、まぁね、私が連れて来たんだし…一度行ってみよう」と御上は若々しく言った。

「はい」と妙子は返事をして車に乗った。

「ちょっと近くのカントリークラブを回ってから戻ろう、あなたもホテルの周辺になる場合があるから見ておいてね」

「はい、わかりました」妙子には少しワクワクした気持ちも湧《わ》いてくるようになった。都城を思い出させるような、放牧も出来る位の伸びやかさ、それは母のいる三島にも河津にもないものがあった。

かれこれ帰りは三十分位かかったが、修善寺まで帰って来た。駅の近くの不動産屋は、お客さんがあまりいない時で、丁度良い状態に思われた。御上は、「あの、兼崎と申しますが三道《みどう》さん、おられます?」と入り口側にいた男性に聞いた。

「はい、少々お待ち下さい。どうぞ、そちらに掛けて…」と言われて、妙子は御上と一緒に並んで座っていた。二、三分して三道と言う男性が、「お待たせしました。ああ、兼崎さん、どうも」と軽く会釈をして座ろうとした時に、「あのう、こちらはうちの従業員の坪倉と言います、どうぞよろしく」と御上が紹介されたので、妙子は、「坪倉妙子と申します、初めまして」と会釈をした。三道は胸ポケットから名刺を取り出し、妙子に、「三道と申します、よろしくお願いします」と言って、名刺を両手で渡した。

「あのね、実は今日はこの坪倉がホテル経営の土地を考えていて、あなたが私に紹介をしてくれた所の中で今日は、一番広い所の土地を見に行って来たんです、それで、一体どれ位のものか大体、こちらも相場を知る必要があると思いまして、こちらに来たんです」

「そうだったんですか？優秀な従業員のお方がおられる、うーん、あの土地はね、少々お待ち下さいよ」と三道は奥の方に行かれて、バインダーを持って来た。再び座り、「あの、坪数は一二八坪で、購入価格が五千四百万円になります、もうここが売れたら…こちらも嬉しい位ですよ、どうですか？ご興味を持って頂けました？」と妙子に聞いてこられたので、妙子は、「はい、私の生まれ故郷を思い出したもので…」と言った。

「そうですかぁ、じゃあ生まれ故郷で購入なさらず、こちらで？」

「あのねぇ、生まれ故郷の土地を売ってそれが片付いたから、こちらで商売を…と考えているの」と御上は扇子で扇ぎながら言った。

「あっ、そうなんですか、じゃあお売りになられた坪数とかは？」

「あのう、八十六坪と聞いています、私の母が話し合いをしてくれたもので…」妙子は売れた額を言うべきなのか考えたが、初対面と言う事もあってやめておいた。

「そうですかぁ、お母様が…、じゃあ取りあえずあの土地は、あの土地のままでじっとしている状態なので、書類を上げさせて頂きます、差額分は手付金と銀行のご融資と言う事でよろしいですか？」

「はい、お願いします」と妙子は少し度胸がついてきた。

帰りに三道が渡してくれた書類には、妙子の努力と母の思いが沢山詰まっていて、今後の妙子のより一層の努力と労働を必要としていた。とても厳しい試練が待ち受けているのに、妙子の心はなぜかいつまでも御上が傍《そば》にいるような、優しい気持ちに包まれていた。

二人は、書類の内容で一度相談をと言う事で店を出た。

家に帰ってからも、なぜか富戸の土地が目に焼き付いていて、妙子はしばらく目を閉じてホテルの外観を想像してみた。思い付いたものをノートにスケッチしたりしてみると、大体七階建てのホテルのイメージになった。一階は駐車場、二階はロビーとフローリングの客室が四部屋、勿論、喫茶室や名品店などもある。三階は一部研修ルームと一般的な客室、四、五階も同じで、六階はミニスイートルームがあり、挙式後のお薦めは七階、最上階の夜景の美しい静かなスイートルーム、と言う構想を頭の中で錬《ね》っていた。妙子は学生時代、絵の道を考えただけあって、お部屋の間取りなども想像出来る所はもう描いていた。手付けをうてば後は間取りや区割りの為に、建築士との相談になり、建築費用の支払いになる。そう考えれば、目の前にない状態から実現するものを想像して作っていかねばならない。毎日のように構想を錬らなければ、追い付かないような気持ちに妙子はさせられていた。

母、良野とはその後電話で報告をしていたがホテル経営で、部屋数が五十六から七十位を妙子に考えさせていたような所があったが、どことなく妙子の気持ちの中に、女性に優しい、独身女性にとっても花嫁修行的な要素もあるホテルを考えているような向きもあると見た時に、画一《かくいつ》的な部屋割りで従来のオーソドックスなホテル建設を勧めるのも、どうかと思われた。

「妙子、あなたは今までにないホテルサービスを考えているのね、今までのあなたの意見で大体わかるわ」と母は電話で充分理解してくれているようだった。

「私も英文科の出身でしょう？その当時、もう少しこんな方法があったら…と言う所もあったから、だからね、ゴルフ場がありますと言うのだけでは、もうちょっと古いと思うの」と妙子の意見は、なかなか厳しいものがあった。

「そう、それだけやってみたいと言う内容があるのなら、もう決心してやってみるしかないわね、あなたもいつまでもそこにいられないんだから…ねぇ」

「うん、今はいいけどこれからの事を考えると…長い目で見ても、こちらで仕事を考えようと思うし…」

「うん、そうね、えーっと、じゃあ妙子の決心がついたら一度その土地を見ようと思うし、その不動産屋へも行ってみる方がいいと思う、だからまたその時にでも、取りあえず手付金と建設費はこちらで考えてみるから…ね」と母は力強い意見を持ってくれていた。

正哉と電話で話をしたのは、それから三日位たってからだった。もう勉強会もだいぶん進んで、ソースを使ってのオリジナル料理を親方や先輩に見てもらったりして、日本料理からフランス風へとハードルを越えてくれた…と親方も一安心している様子が、正哉の話ぶりから伺われた。妙子は話をする内容が多くてホテルの計画は着々と立てているので、会った時に見てもらいたい位だったが、まだまだこれからも新しいお料理をと、考えている素朴な正哉に、自慢げにとられても心苦しい気持ちも妙子にはあった。会う方が良いかを迷っている時に、お休みの日は体の節々が痛く朝は寝ていたいと言うので、昼の二時頃から会う事になった。妙子はいつもの所から、やゝアパートに近い所で待ち合わせをした。クラクションが鳴り、正哉が手をふっていた。妙子は身軽な感じで、スカートを気にしながら車に乗った。

「どう？しばらくだったね、実はあれからある事がわかって…」

「そう、私の方も今多くの変動がある、何から話をしたらいいかって、昨日も迷ってたから…」妙子はそう言いながらバッグからハンカチを出して、頬を押さえた。

「そう、そしたら今日は小室山のつつじでも見に行こうか？」

「うん、そうね、お花を見てると気持ちが落ち着くから…それにもう五月だし…」

「そうだなぁ、なかなか会えなかったなぁ」と正哉は一三五号線の方へ車を走らせた。新緑の季節と言うだけあって、緑が美しい。

「さぁ、着いたよ、この辺に車、止めとこう」と日当たりの良い場所で車は止まった。

「何か、喉《のど》が乾いたな、あそこに行ってみよう」正哉はレストハウスが目に付いたらしい。

「ええ、今日は半袖で丁度いい位ね」と妙子はハンカチを顔にあてたりして店に入った。

店は程よくクーラーがかかっていた。二人は何かケーキでもと思って、チーズケーキとアイスコーヒーを注文した。正哉は電話で話をした続きを説明した。

「あのね、僕ね今月末で店を辞める事になったんだ、それで親方の紹介で湯ヶ島のホテルへ来月から行く事になってる」

「えーっ、そうだったの、うまくいってるからって聞いてたから…そう」妙子は新しい試練がまた始まると思うと、少し心苦しくなった。

「正哉さんの希望なの?」

「ううん、そうじゃない、どうも川瀬の親方からフランス風を教えてやってくれと言われたらしい、それで自分のテリトリーはこれ位だと言う事で、今後は一度ホテルのシェフに見てもらえと言われたんだ」と正哉はアイスコーヒーを飲んだ。

「そうだったの、そんな事まで考えて下さって…とても情の深い親方ね」と妙子もひと口飲んだ。

「もう、勉強会もね、十二回はあったし、それは全部合格してる、だから今の所は温泉宿にも近いし、いろんな商売の女も来るから、別の所に移った方が…と言うアドバイスがあったんだ」

「そう、正哉さんは好かれるから…ふふっ」と妙子は少し笑った。

「ははっそうでもないよ、ただね、他から来た男の方が自分の事を知らないと思って、手を出して来る場合があるから気を付けろって言われた事がある」

「そう、湯ヶ島ってそんな所があるの？今度のホテルの方は？」

「うん、ホテルの料理人だったら上役じゃない限り、女性とは話をしないと思う、だから僕には環境の事も考えたら、いいんじゃないかって勧められた」と正哉はチーズケーキをぱくっと食べた。

「そうなの、正哉さん良かったね、私の方はとても大ごとになってしまったの、今いる旅館の立ち退きの話が一年後あると言われていて、御上さんから新しい所で土地購入をして、ホテル経営を目指したらどうかと言われて…先日も見に行ったのよ、正哉さんはホテルの事をどう思うかと思うと、言い辛くてね、それで…」

「それで、それはどこの場所？田舎？」

「ううん、そうじゃない、場所はこちらで今日通った一三五号線と富戸の間になるの」

「じゃあ、今日見に行ける?」正哉はケーキを全部食べて、煙草に火を付けた。

「うん、大体このあたりと言う感じで見てもらえると思うわ、じゃあその方がいいわね」

妙子もケーキを食べて、唇を軽く押さえていた。二人は店を出て、せっかくだからとつつじの花をめでて、日頃の心に溜まったものを吐き出す事が出来た。二人は手をつなぎ、日頃の労をわかち合った。三十分位で散策を終えて車に戻った。車はカントリークラブを抜けて富戸へ向かった。

「正哉さん、このゴルフ場を越えたあたり、この辺で一二八坪を言われたの」

「ちょっと、どこかで止めてみよう、ちょっとびっくりするような規模を考えてるんじゃない?なぜ一二八坪になるんだ?」

「うーん、あのね、あんまり小ぢんまりしてしまうと男女の憩の場と、勘違いされやすいって言われたから…」と妙子は答えた。

「ふうん、そうか、それだったら企画、立案をしっかりしないとな…、でもここは不思議と故郷を思い出させる、妙子さんがいいと思うのはわかる」と正哉は言ってくれた。

「まぁ一度、お母さんにも見てもらってから、妙子さんがやりたい事を理解してもらって」と正哉からもアドバイスされた。

「じゃあ、今日はもう戻ろう」と二人は手をつないで、緑の草が元気にはえているその土地を二人は歩いた。背中には汗がじんわりとにじんだ。

三島から妙子の母が来たのは、翌週の水曜日だった。念の為に印鑑や通帳なども用意して来られたらしく、妙子は久しぶりに正装した母を見た。母はまず修善寺の緑の美しさ、水の音に気持ちが引き込まれたらしく、ぼんやりとしてお財布でも落としたら…と思って、気を引き締めていた。アパートに着いてからそんな事を母と話していて、ひょんな事から人生が変わるものね…とこの一年間を思い出していた。まず土地を先に見てからと言う事になり、タクシーで富戸へ向かった。母はあまりの広さに、娘の人生の試練を案じたが人生は何かでやっていかなければならないと思い直して、あたりを見回ってみるとやはり、妙子の姿はここの環境にも合っていた。

「回りはゴルフコースで囲まれているから、妙子が言うのもわかるわ、家で間取り図とかの計画ノートを見せてくれたでしょう?そこまで考えているんなら、ここで決めた方がいいかもね」と母はいろいろ考えている様子でそう言った。

「うん、どこかに建てるのだったら、ここも落ち着いていて、いいな…と思う所があったから」と妙子が言うと、母も、「私もそれは、わかるわ、他の土地にも住んでみるとね」と母の頭には、故郷の土地や三島へ出て来てからの事だとか、あらゆる出来事が思い出された。

「妙子、もうここで決めるのなら今日そこの不動産屋へ行く方が、話は早いと思うの、どうする？」

「うん、私もそうなるんじゃないかと思って計画のノートも、バインダーごと持って来たの」と妙子は言うと、携帯電話からタクシーを呼んだ。

駅前の不動産屋まで、それから三十分程かかったが、三道と言う担当者もすぐに出て来てくれたので、母と三人で話す事が出来た。妙子はホテルの外観とか、区割りとかの図を三道に見てもらっていたが、ご自身の設計であれば早い目に建築士の方にも会って頂いて、ご相談との事を言われた。後日、母も妙子が建築士と会って企画を進める事に賛成していた。手付金はいつ頃に…と聞かれて、母は早いうちにお支払いしたいと言う気持ちを伝えていた。三道は土地契約書をはじめ、四つの書類を出して来て説明を始めた。母は必要な所に印鑑を押し、受領証を頂いた。後は建設費の支払いが手付けの一ヶ月後になる事など、今後の予定を紙に書いて下さった。建築士の方と連絡が取れましたら、またご連絡しますと三道は言って、二人を見送った。その後、御上さんにもお会いしておく方が…と言う気持ちを母が持ってくれていたので、妙子はもうその足で「かねざき」に向かう方が良いと思った。

御上との話は、今までの旅館経営の苦労談など、今までの経歴が多く少々疲れるものがあった。ただ、お休みの日にこちらに来てくれて…とそんな事で嬉しく思われたらしい。母は、よく娘を見抜いて下さって本当に有難いと言う気持ちを御上に言っていた。今週から崎岡がギックリ腰で休養していて…と言う話を聞くと、少し心配になった。川見は住み込みでいて下さっているが、今の所思いも寄らない事で御上が大変忙しくされているのがわかる。明日来ますから…と伝えて部屋を出ようとした時、二十五、六歳の女性がスーツ姿で待っていた。宿泊客ではないと思いながら、すれ違う時に会釈をして通り過ぎた。御上のお知り合いなのかと思いながら、アパートに帰った。

御上見習い

いつものように出勤すると、崎岡の代わりに佐々木がいてくれた。朝の業務は三人位いれば助かるが、急病などで変動が起こりやすい。厨房は三人に依頼する事にして、妙子は御上の部屋に呼ばれて今後の段取りを聞いた。

「坪倉さん、私もあれから考えたんだけど、崎岡の腰の具合はね、一ヶ月単位と私は見てるの、だからあなたが崎岡の代理と思って頑張って下さい、それと私も市の職員との話し合いで、今よりも不在の時がありますそんな時の事も考えて、御上伝言ノートと言うのを作りましたから、何かあればここに記入して下さい。それと朝礼は全員揃《そろ》わないけれど昼に大事な事は、皆を集めて伝えるようにしますから、だからあなたも今までとは随分勝手が違うけど、御上見習いと思って耐えて下さい。それとこのノートは宿泊客の予約ノートで、万一キャンセルなどが入った時には斜線を引いたり…これも崎岡がされていたお仕事です、これも今日からここに置いておきます。今日はね、山園が来たら今の話を皆にしようと思っているの、だからあなたは、お客様のチェックアウトの時間の記入と、忘れ物のチェックをして下さいね、では経理をしばらくして下さい」と御上は言われて、階段を降りて行かれた。妙子は返事をするだけでやっとの思いだったが、毎日のノートのチェックなどの事を自分の仕事の手帳に記入していた。

宿泊客ノートはＤＭを了解された方にのみ、チェックが入っているがこれも御上や崎岡がされていたと思うと、お客様を呼び込む工夫が地道ながらにじみ出ていて、妙子はこのような業務も非常に大切に思った。ここで御上として必要なものを全部吸収する訳だから、大変厳しい思いもするだろう。妙子はそれに関する多方面の業務を思い出して覚悟していた。

板前主を交えてのミーティングでは、御上の今後の方針が伝えられていた。崎岡が休養中、御上が不在の時が多くなるので御上代理と言う任務は、坪倉に任せる事、そして御上に伝えたい内容があれば、厨房にある御上伝言ノートに記入する事と言う内容だった。皆がなぜ不在が多くなるんですか?と聞かないので、これももっと話し合いが進んでからでも良いと御上は思った。妙子はアパートがあっても明日からは御上の部屋に泊る事も多くなると思って、少しダメージを受けた。露天風呂とか室内風呂のお掃除は、任せておけるのでそれだけでも有難かった。

ホテル経営の企画は順調に進み、妙子はアパートに帰ると思いついたアイディアを記入したりして、建築士と出会う事をとても楽しみにしていた。その日だけは御上も了解はされていたらしく、旅館業務はハードにはなったが、新しい見習いの門出《かどで》をどこか心で祝っているような印象があった。御上はご自宅に帰られて、妙子が御上の部屋で寝泊りをするように言われた日は、夜中の四時頃から薄明かりになった部屋で、後二時間、後一時間と何度も目を開けては時計を見た、と言うのは今日からユニフォームではなく、着物を着なければならない。昨日はアパートに帰って少し練習をしたが、三十分位かかってしまった。長襦袢《ながじゅばん》や腰紐を手の届く所に置いて目覚ましをセットしたが、朝の仕入れに行く位起床時間が緊張感で早くなった。

妙子は思い切って起きた。歯を磨き、顔を洗い、ほんのりとお化粧を施《ほどこ》して下着を付けた。足袋をはき、裾よけをして長襦袢を着用して椅子に座った。髪をとかしブローをした後、薄い紺色の着物を着た。帯は深い緑色で組紐はワインカラーだった。足がどこまで開くか足を前後にして体勢を整えておかないと、とっさの時の体の反応が鈍く、足がもつれないとも限らない…と崎岡に教わった事を思い出して、妙子は着物の感覚をチェックしていた。身支度を整えると、六時を過ぎていた。家では何か食べ物をと思うとすぐに手の届く所にあるが、こちらではそうはいかない。昨日のおにぎりの計算をしても、夜中にお客様のご依頼がなければ三個余る時がある。それをあてにしなければならないなんて、御上代理の立場になってもあまり変わらないなぁと妙子は思って苦笑していた。時間が後十分程あるので宿泊予約ノートを見ていた。今日は三組おられるのでお見送りをしなければならない。いつもと違って、風呂掃除にいつまでも時間を取れない。妙子の感覚も今までとは、変えなければならない所があった。気持ちを引き締めて下に降りて行くと、多川が朝の卸売市に出掛けていて、川見と佐々木がいてくれた。

「お早うございます、今日から新しい気持ちで務めさせて頂きますので、よろしくお願いします」と妙子は新しい着物にもなじみが足らない様子だったが、それを前向きな気持ちでカバーしていた。

「お早うございます、まぁ、お着物姿もよくお似合いで…、私達ね、若い御上さんと思ってやっていきます、どうぞよろしく」と川見と佐々木は言ってくれた。

「有難うございます。ところで、昨日のおにぎりは何個残ってるの？」

「あの、丁度三つ残ってたので、一つずつ食べてしまったんです」と二人は申し訳なさそうに言った。

「そう…、後はお客様用の朝食位ねぇ」と妙子がしょんぼりして言うと、佐々木は、「あのう、坪倉さん、カップラーメンはあるんですけど…食べられます？」と新しい事を言ってくれた。

「そう、久しぶりね、じゃあ私頂こうかしら、でもそのカップラーメンは佐々木さんの…でしょう？いいの？」と妙子は注意深く聞いた。

「ええ、実は崎岡さんの代わりに泊り込みを三日した時に、ちょっと買っておいたの、もうあれは夜中の一時頃だったかしら、お客さんからの呼び出しが鳴ったから、男性のお客さんだったんだけど、横になっていると首が凝り過ぎて様子がおかしいと言われて…それで按摩さんも呼べないしねぇ、それで私も昔旅館で按摩師をしてたから、まぁ私でよろしければと思って、首を揉む事を十分程して差し上げたら、良くなったからもういいと言われて…そんな事があったり、また次の日はおなかがすき過ぎて眠れないからと言われたのでね、例のおにぎりを持って行って食べて頂くと、お体の具合まで良くなられてやっと眠りにつかれたみたいで…」と佐々木は長々と説明をしていたが、結局食べても良いような返事なので、妙子はやかんを火に掛けておいた。

「そうだったの、夜中と言っても様々な難題がありますねぇ、私も一度そう思ったんですけどラーメンの匂いがしてはいけないと思ってやめた事もあるわ、と言うのは多川君の部屋からラーメンの匂いがしたりしてたもの…」

「そうですかぁ、坪倉さん、あんたの身の安全を冷や冷やしておりましたよ」と佐々木は言った。

「そうね、お布団の縫い直しを教わった頃なんか…」と妙子は下を向いた。

「あの、もう時間ですよ、早く食べなさらないと…そうですね、月日は早いから」と言いながら、佐々木は割り箸を出してくれた。妙子は割り箸をパチンと割り、カップラーメンを食べ始めた。勝手口で、「ただいま」と言う多川の声がしていた。妙子は麺をするするっとすすり、スープを飲んでいた。

「ああ、坪倉さん、お早うございます。へえーっ、ここでそんな着物姿、見た事がなかったな…結構似合ってる」と多川がにこっと笑った。妙子はやっと食べ終わってから、「お蔭様で、いろいろ有難う、これからも大変だけど努力していきたいです」と言って軽く会釈した。もうそろそろ朝食の時間になったので、川見と佐々木はそれぞれの客室に運びに行った。

佐々木はその後の空いた時間に、妙子にヘアースタイルのアドバイスをした。佐々木は御上の部屋に来て、妙子を鏡台の前に座らせ黒いゴムでくくった後、上に折り曲げるようにして金色の髪留めで留めた。

「あなたね、こうするとぐっと女らしいしね、御上さん、と言う感じになるわよ、御上さんはね、うなじを出した方が色気があってお客様には好評だと思う、今日もお出掛けの時会われるでしょう?やっぱりそう言う時大事よ」と言われた。妙子は髪留めが落ちないかを気にしながら、宿泊予約ノートを見ていて電話の前にしばらく座っていた。しばらくして、お客様からのご予約の電話を受けた。

「もしもし〝旅館かねざき〟でございます」と妙子がキリッとした応対をしていると、

「ああ、かねざきさん、あのう、明日四部屋分で取ってもらいたい、名前は須藤竜彦で住所は清水市…」と言う内容で、最初は声がいつもの人と違うと思われたらしく、これで三度目と言われると大変有難く思った。一度に男性八名の予約で驚いてしまったが、妙子は注意深くメモに記入していた。

そろそろチェックアウトの時間と思って、下に降りて行き佐々木とお見送りをする事になっていた。今から富士の方へ帰られる方と、沼津へ急用の為に行かれる方から、「また是非来たい」と言われると大変嬉しかった。前日ご挨拶に来た女性と違うと思われたりして、聞かれもしないのに御上代理と言う訳にも行かず、少し心苦しい立場と思った。

「本当に、日々の仕事で腰の具合も悪くなるけど、お客様とお別れする時にはまた別の充実感があるわね、そう思うから何年もこの仕事をやって来てるんじゃないかなぁ…」と佐々木はタクシーを見送りながら言っていた。

「今までお客様のお見送りなんてした事がなかったから、今日は新しい発見が多過ぎて…本当に川見さんもいてくれたから…」と妙子はしみじみ言った。

「そう、わかる、あなた頑張ってたから…、あの…、昼食は私達が先でよろしいんですね」と玄関先で佐々木が聞いてきた。

「あっそう、昼食の順番！最初は多川君と川見さん、佐々木さんは私と同じです、夕食も同じで…」と妙子が言った事を多川は川見にも伝えた。妙子は川見の腰を気遣って、カバーをはずしたりするのを手伝っていた。足元を気遣いながら洗濯機の方まで持って行き洗濯を開始した。

露天風呂の掃除は、川見と佐々木の当番になっていて、岩をゴシゴシこする音が聞こえている。二人に風呂掃除を任せる事にして、妙子は何度も洗濯機と厨房とを往復していた。

昼食の用意を多川は整えていて、今日の二組のお客様の事も、厨房にある宿泊予約ノートを見てわかってくれていた。妙子は今日予約があった須藤様と言うお客様の内容が抜けていると判断して、大急ぎでノートに記入していた。御上が帰られたら報告しようと思いながら、次の用事で後回しになってしまっていた。川見は風呂掃除が終わると、多川と厨房で食事をとる事になっていた。その間に、妙子は佐々木と客室に掃除機をかけたりして、今日使う客室をより丹念に整えていた。床の間の椿など一輪挿しのものを、佐々木は花屋へ出向いて見つけてくれたりして、崎岡がいなければ他の人の蔭《かげ》の協力も、こんなにもあったのかと思う所があった。洗濯物を竿《さお》竹に通して干していると、昔田舎でつるし柿があったり、そんな光景を思い出した。簡単に水分を少なくしていても、布団カバーはずっしりと重く、腰に響くものがあった。

昼食の時間になり、妙子は川見の作ったおにぎりを二つ頂く事にした。

「川見さんも上手でしょう、特に梅干は気を付けてるの、売ってるものでも種を取ってないものがあって…歯を痛めるわ」と佐々木はそんな事を言っていた。

「常識と思って表示しないと、そんな事になるのよねぇ」と妙子はあきれていた。赤だしのお味噌汁は多川の味でいつもおいしく、食後は御上の部屋で経理をする事になっていた。

勝手口から山園の声がして、「あら坪倉さん、着物がよくお似合いで」と言ってくれた。「有難うございます。不慣れですが頑張っていますのでお願いします」と軽く頭を下げた。山園は、「急な人事異動で大変だったわね」と気の毒そうに声を掛けてくれた。山園はその後、多川に付いて夕食の食材の用意を手伝っていた。川見は仕上がったシーツを受け取ったりして、物置の部屋にしまっていた。佐々木の、「お先に」と言う声で、もう二時になってしまったな…と妙子は時計を見ていた。電卓を使って二度ずつ計算をしていると、御上が帰って来られた。

「坪倉さん、ただいま、まぁ初々しい御上さんね、明日からご挨拶にも出て頂こうかしら、今日はね、練習をしておいて下さい」と御上は言われて、経理ノートなど三冊をチェックされた。妙子は宿泊予約の事を伝えると、御上は、「まぁ、久しぶりに、崎岡がいるかどうかも尋ねた方よ、気に入られたのねぇ、って話してたのに…」と以前来られた時の事を話された。

六月の献立てに、鮟鱇《あんこう》の唐揚げと季節野菜の天ぷらと言うのがあるが、特別何度も来られている方なので、五月に鮟鱇を用意する事に加瀬との話し合いでなった。御上の部屋では、お客様のお迎えと客室でのご挨拶の練習があった。その日、お客様が来られる時間になると、妙子は御上の傍《そば》に付いて今日の段取りをしていた。二組のお客様を客室にお通しするまで、妙子は大変緊張していた。

「坪倉さん、お客様に紹介しますから、ちょっと」と御上から急に声が掛かった。

「はい、御上さん」妙子は衿元を整え、髪を手で押さえた。

「あのう、失礼致します」と御上は先に客室に入って行かれて話をされている。今入っても良いのかと思っていると、「坪倉さん」とまた呼ばれたので、「はい」と返事をすると、客室のおどり場は天井が低く声が大きく響いた。足袋をもう一度チェックする間もないまま客室に入り膝を付き、「いらっしゃいませ」と言って深々とお辞儀をした。お客様はほうっと感心した様子であったが、常連の方だったらしく、御上は、「私の代理を務めさせております、坪倉です」と紹介して下さった。妙子は改めて、「坪倉と申します。よろしくお願いします」とまた茶道のお辞儀を丁寧にした。明日は会社の研修があるとの事で、ベッドが苦手だそうで、わざわざ旅館を選ばれたらしい。他のお仲間はビジネスホテルにお泊りになられたと聞くと、また何か新しい仕事のアイディアになる所があった。

休憩時間を見計らって、妙子は不動産屋に電話をして、建築士の方に連絡を取ってもらっていた。あさっての水曜日にお休みが取れれば不動産屋にて、と言う事で電話を切った。

須藤様と言う清水市からのお客様が来られたのは、四時頃だった。男性八名と聞いていたが、変更になり男性六名、女性二名になっていた。御上から確認があったが、当日変わられたらしい。妙子はお迎えを御上としたが、客室の男性の方は今まで通りで、女性の方には妙子だけで行くように言われた。妙子は身なりを整え膝を付き、「坪倉と申します。何かご用がございましたら、まいらせて頂きますので…」と深々とお辞儀をした。四十歳台と思われる女性客は、暖かく迎えて下さった。

御上は明日の予定を言われたが、須藤様達はゴルフに行かれるので、朝七時に朝食をと言う注意事項と、佐々木は休みの日なので三人でお願いしますと念を押された。

「坪倉さん、水曜日のお休みの日は私が泊りますからね、もう少し我慢して下さいね」と御上は感じ良く言われ、「じゃあ、お願いしときますよ」と言って帰られた。皆、御上がおられると勝手に思っていたので、予想外の事に驚いていた。妙子は正哉の事も気になっていたが、そろそろ送別会の頃なのか…と想像していた。久しぶりに正哉と電話で話をしたが、どうも御上の部屋での話は堅苦しい感じがするらしい。妙子は御上代理と紹介をされたりする毎日を説明していたが、急な展開に正哉も心配していた。

「妙子さん、僕とね、もうひとりの人の送別会はね、昨日してもらったんだ」と正哉は言っていた。

「そうだったの、本当にご苦労様、大変だったわねぇ」と妙子は今までの正哉を思い出した。

「うん、何回か話し掛けて来る女店員から、帰り際にクッキーをもらった、板前から良く思われてなかったからか…」

「そう、でも後くされなくて良かったねぇ」妙子は正哉を信頼していたが、今まで心配な所があった。

「明日位にね、新しい上司との顔合わせがある」

「そうなの、楽しみ？」

「うん、また新しい試練かなぁ」と正哉は言った。

「今度電話する時は、新しい職場にいると思うから、妙子さんも御上さんの代理として、頑張って」と激励を受けた。妙子はこれからが何か困難な気がしたが、気にしていてもしようがないと、前向きな気持ちで電話を切った。

須藤様達は、翌朝とても早起きをされたらしく、「食事を早めてもらえないか」と言われたらしい。多川の仕入れをその日、止《や》めてもらっていたので皆ホッとした表情だった。朝の七時にご出発と聞いたので、身支度を整えて、「有難うございました」と言うと、「いや、ゴルフが終わってから、もう一度帰って来る」と言われた。皆厨房で苦笑していたが、今の間に食べておこうと朝の食事は、白いご飯に、ふりかけを掛けて手早く頂いた。その後、客室のお布団は折りたたんでお部屋の隅に置く状態にしておいた。

「川見さん、こうしておきましょう」と部屋を出て、川見は洗い物をする為に厨房に行った。その時、リーンと電話が鳴って妙子が電話に出た。そして宿泊内容をノートに記入した。三日後の予約であり、今年も鮟鱇《あんこう》のお料理があるかどうかを聞かれた。お料理の献立予定を言うと、気に入って頂いた様子で、そこから鱒《ます》釣りの所へ行けるかどうかを聞かれた為に多川に出てもらった。お客様は納得されたらしく、男女でお泊りの予約になった。

二時間位してから、ガラガラッと玄関の戸が開いて、須藤様達が帰って来られた。お部屋に入られてしばらくすると、「おなかがすいて、どうしようもないから何か」と言われて、妙子はしばらく考えたあげく麺類をお薦めした。多川もその方が…と言う意見で、三種類程メニューを考えてくれた。須藤様達は男性が、そばを希望されて女性はうどんを希望された。少々お待ち下さいと妙子はお辞儀をして、少し微笑んで部屋を出た。

「ははっ、あんたが麺類の注文を受けて来た時は、どうしようかって思ったよ」と妙子は多川に言われた。

「そうなの、もう不機嫌になられては…と思ってしまって…」

「確かにそんな所があります」と川見も同意してくれた。須藤様達は結局、それから一時間程ゆっくりとされて、十一時頃出発された。

「あなたの事、御上代理と言われたけど、もうひとりの古株はどうなるんか…」と帰り際に妙子に言われた。

「はい、来られましたらまた…、よろしくお伝えしておきます、どうぞまたお越し下さいませ」と妙子と川見は深々と頭を下げた。

「ああ、また来る」と男性が言われた時に、女性達は、「私達も、そうさせて頂くわ、急な時においしいおうどんも頂けたし…」と満足された表情で言って下さった。

「有難うございました」と妙子達が手をふってタクシーのお見送りをしていると、ゴルフをされる方々の重たさが伝わってくるようで、妙子は新しいホテルでのゴルフをなさる方々のサービスを少し考えてしまった。

いつもよりお昼過ぎまで、その後の客室の整頓に時間がかかり、昼食を食べたのは一時半位だった。山園も、「お客様の予定変更があったのでしたら、大変でしたね」と出勤してから言っていた。明日の宿泊は未定になっているので、今日いつ電話が入るかわからない、でも御上は昨日より早い目に帰る予定だったので、妙子は心待ちにしていた。川見はその頃座布団カバーに、アイロンを掛けたり繕い物をしていた。川見が蒸し暑そうにしていたので妙子は、たすき掛けを教えてあげた。

「坪倉さん、随分お仕事がはかどります、私の仕事が座り仕事だったら、いいのですけど、私にはこの仕事の方が向くみたいで…」と川見は本音とも思える言葉を言っていた。多川が厨房で呼んでいたらしいので、行ってみると、「あのね、あんたは御上の代理って言う事になっているんだったら、もっとこの近辺の観光の事を聞かれてもいいように、本を見といたら?それも大事だと思うよ」とアドバイスされた。

「有難う」と妙子は御礼を言った。

「繕い物も大事だと思うんだけど、御上さんは幅広い知識が必要だから…腰が痛くっても出て来てるんだから、その分は仕事をしてもらわないと…」と多川は川見の事を遠回しに言っているように思えた。

「そうね、わかります、私も努力します」と妙子は地元の事も詳しく勉強する決心をした。

そしてその後二階に上がり、伝票のチェックをしたり、穴を開けバインダーで閉じたりの事務処理をしていた。電話が鳴り、出てみると田中さんと言う女性で、御上にご用のあるお方だった。またお電話しますと言う返事で切れた。御上が帰られてからお伝えすると、

「ああ、はい、わかったわ」と言う返事で、何かを考え込まれている様子だった。妙子が、

「あのう、それと宿泊の予約はまだ未定です」と言うと、「あなた、なかなかいい言い方を知ってるわねぇ」と感心された。

「今日はゼロですと言われたりするとね、毎日生きててゼロの日なんてないのにね、やる気がうせるけど…やっぱりあなたは御上代理ね」と御上は妙子に任せた事に納得していた。

「今日はね、私の知り合いのお客様が二名来られます、先程厨房で他の人には言っておいたから、客商売はどこでどんでん返しになるかわからないものだから、雲行きなんて急に変わるわ、多分五時過ぎ位になるでしょうから、その時間になったら急な段取りでやってもらってるし、あなたはアパートへ帰りなさい」と御上は快く言われた。

「有難うございます、私自分で出来るかどうかが不安だったもので…」と妙子は何とか今日まででも、乗り越えられた事に感謝したい気持ちだった。他の皆にも了解を得て、お休みを頂く事になった。

オテル　ド　クラッツボ建設開始

不動産屋との約束が、十時半だったので妙子は朝、トーストにスクランブルエッグにコーヒーと言う食事をとり、もう一度ホテルの計画ノートを確認していた。一階から七階までの部屋の間取りを記入していたりして、昨日も喜びのあまり、つい夜更《ふか》しをしてしまっていた。不動産屋に着くと、妙子は奥の部屋に通された。女性の事務員が冷たいお茶を持って来てくれた。妙子は軽く会釈をして、お茶を頂いた。その時、三道《みどう》が他の商談を終えて妙子の方に挨拶に来た。もうそろそろ来られると聞いた時に、事務員が男性と話している声がした。男性は急いで部屋に入って来て、「あのう、すみません。お早く来られたんですね、えっと私は三上と申します」と名刺を手渡された。妙子は両手で丁寧に受け取り机の右に置いた。名刺には一級建築士、三上保広《やすひろ》と書かれていた。

「私が三道から聞いたのは、富戸の土地をご契約されたと聞いたんですが、何かホテルになさると言う事と、ホテルの図面も坪倉様がお考えになられてるとの事を聞いていました。そんなにお若いのに…」と建築士に言われたので、「はい、一世一代と思って今までになりと言われるようなホテルを考えていたんです、今日も持ってまいりました」と言って妙子は計画ノートを机の上に出した。

「ほうーっ、そうですか、ちょっと拝見させて頂きます」とメガネを掛けて建築士はページをめくっていた。

「出来ましたら、早い目にホテルの設計で希望があれば、案をご提示願いたいと三道さんから聞いていましたし…一生懸命考えたんですけど…」と妙子は様子を伺うように言った。

「うーん、あの、たとえば一階は駐車場になっていて、従業員の出入り口もそこにある。それと、二階にロビーがある為、天井が高い目になりその延長にフローリングの客室と御上の部屋がある。三階は宴会場と控室で四階より上が客室と、こうなっていますが、あまりないパターンは一階のフローリング部屋ですが…」

「はい、ひとつの理由としてこちらは美術館が多いと思いますので、作品作りなど取り組みやすい場所をご提案したいと言う事と、他に車椅子のお方もお泊り頂けるようなと言う所で、フローリングを考えました。後はミニキッチン付きなので、永く滞在されたりしてお料理を作ってみたい方の為にも考えました」

「ほうーっ、そうですか、何かお部屋にらせん階段なんかがあるんですけど、海外のリゾートのホテルの建築と似てる所もあるし…」

「そうなんです、絵を描かれたりすると写真も撮られると思いますし、日常と違ったアングルで撮って頂きたいですし…ホテルってやはり非日常をどこか追及したいです」と妙子は、ここ数日考えていた案を精一杯発揮した。

「わかりました。えっとー、取りあえずコピーを取らせて頂きたいのと、このご提案では建設費をもう一度算出させて頂きたいので…」と三上と言う建築士が言った。

「はい、そうしましたら三上さんから、またご連絡頂けるのですか？」

「はい、一度、三道と相談させて頂きます」

「あのう、一二八坪でオーソドックスなタイプで大体、どれ位か私にはわからないので、如何《いかが》ですか?」と妙子は質問した。

「そうですね、七階建てですから、それで八百六十万位です、だからおそらくそれにオリジナルと言う所があるので、五十から七十万位上乗せがあると思います」と三上は言った。

「そうですか、わかりました」妙子は手帳に記入していて、三上が設計の所のコピーを取っている間待っていた。そして後日、妙子から電話を掛ける事にした。

相変らず御上の部屋に、週に三日は泊る事になった。六月は花しょうぶを見に来られるお客様の応対を妙子はしていた。妙子の新しいノートには近くの行事なども記《しる》されていて、お花見のお客様も春とは限らないので、季節の花の名所と男性のお好みに合わせた釣りの内容などを書き添えていた。アパートに帰れる日は何か手作りの和菓子が食べたくなり、湿気にさらされる月はなおさら、母親の作った和菓子が思い出された。妙子の頭にはココナッツミルクのお味が浮かんできて、日頃冷えた腰には、あずきが合っていた。

まず大きい方の鍋であずきを炊いて、お汁粉位の汁になる様に調整し、上新粉を少々入れる。別の鍋でココナッツミルクを薄めて、上新粉を入れ寒天を作る。先にココナッツミルクを容器に注《そそ》いで固める。二時間位して固まってきたら、あずきの方を上に乗せて冷蔵庫で固める。この方法で妙子は崎岡の体の具合も何とか回復してきたと聞いたので、うまく出来たら持って行きたい気持ちだった。試食をした時に、あまり甘くないお味に仕上がっていたが、美しい三角形に切り、アルミの弁当箱へ移した。下にある白が引き立っていた。

その後、妙子は三上へ予定通りに電話を掛けた。建設費は先日言われた通りで、諸費用を含めて九百四十万になった。全額とは言わずせめて三分の一よりも多く支払っておかないと、後が大変になるので、その意向を伝えると三上は了解されて、後日振り込みの用紙を三島の母親に送る旨を伝えた。母との話し合いでも、母の考えも入金を三百五十万はしておきたいと言う考えであった。そうしないといつまでも取り掛ってはもらえない。そんな事も妙子は母から聞いていた。

六月の三週目に崎岡は出勤される事になった。梅雨の為、布団干しが出来ないので布団乾燥機で一枚ずつ仕上げていった。川見もやはり室内の方が楽と思われて、布団乾燥機と洗濯機の間を行ったり来たりしていた。「かねざき」に勤務八年のベテランが、長い休みを取らなければならなかった事も皆にショックを与えてしまったが、腰の具合を考えると座り仕事を主にされる事になり、夜の泊り込みをなくす予定になった。その為、妙子は御上と今までのように半分ずつ泊る事を了解せざるを得なかった。皆でのミーティングは少々考えさせられるものがあった。前の日に昼食を豪華にして祝福の宴にしてあげようと女性達は、ばら鮨を作ったり、春巻きなども夜食にと大忙しで作ってくれていた。

「崎岡さん、回復されて本当に良かったですね、腰の具合とかだったら皆でフォローしますから…」と山園は言った。

「この一ヶ月、とても苦しかったわ…病院のリハビリにも通ったし…」と崎岡はしんみりした面持《おも》ちで言った。

「そうね、今まで出来てた事が急に出来なくなるんだから、そりゃショックよねぇ」と佐々木は以前のギックリ腰を思い出していた。

「このお鮨、おいしいわ、有難う」と崎岡は、ばら鮨を食べてまた少し何かを考えているようだった。妙子は崎岡に須藤様と言うお客様も心配されていたと伝えようとしていると、御上が、「久しぶりに須藤様も女性と来られたのよ、あなたの事も心配されていたし…」と言われた。崎岡は、「昔なじみがあった所と近いし、懐かしくなってお話ししてたんです」と恥しそうに言った。加瀬も久しぶりに昼食を皆で食べて、崎岡の今までの努力を語ってくれた。

「今だったらシフトって言うのがあるけど、あの頃は人がいなかったから、どこまでが自分の仕事かって言うのがわからない位、あらゆる事をやってたもんなぁ」と親しそうに言った。

「ええ、随分熱海で辛い思いをしたから、ここで長く続いたんだと思う、でも人が足らないって言うのも大変で…」

「そうだったわねぇ、私も加瀬さんに付いて朝、仕入れに行ったりしてた頃だったから」と御上は少しビールを飲んだ。

「私ね、そろそろ坪倉さんのデザートを頂こうかしら？上があずきで下が白で…」と言いながら、崎岡は割り箸で挟《はさ》んだ。

「どうぞ、何度か作ってみたんですけど、今が一番いいかな…と思ったもので」と妙子は皆に薦《すす》めた。

「弾力があって、ういろうみたいねぇ」と山園は、おいしそうに食べてくれた。崎岡は以前京都に行った時の和菓子に似ていると、懐かしそうに食べていた。

「本当に皆さん、今日は有難う。それと私も御上代理はこのまま続けて頂く事でいいと思います」と妙子は崎岡からも祝福を受けた。妙子には、これからも乗り越え続けなければならないハードルがあるが、皆の励ましでここを離れても頑張る決心をしていた。

ホテルの土台作りは、三上の話では六月十六日から開始する事になり、地下三メートル位、掘り返す作業になる。そして約八ヶ月後、完成予定である旨を聞いた。妙子はそれまでに何度か建設に入れば見に行く事を母親にも言っていて、何より御上代理として紹介を受ける事を喜ばしく思っていた。

「後の入金はこちらでしておくから…」と母は妙子に心配しないように言った。妙子は正哉を気遣ってあまり電話をしないように心掛けていたが、正哉からの電話で仕事にも慣れつゝあり、先輩も面倒を見てくれている事を聞くと、何とかうまくいきます様に願いたい気持ちであった。今度会うのは、おそらく七月になっているだろうと妙子は思い、その後富戸の様子をひとりで見に行ったが、この様子なら御上にも計画を伝えておく方が良いと思った。


御上の部屋では御上との今後の方針について、朝の十時頃から話し合っていた。

「それだったら、あなたはいつ頃までになるの?」と御上は聞かれた。

「あのう、建設の予定を考えますと、こちらを八月までにさせて頂きたいと思っております」と妙子は申し出た。

「うーん、そうね、そちらも従業員の確保だとか、それもいろいろあるし…ねぇ」と御上は思案していた。妙子は従業員の確保と言われると大変な人数を募集しなければならなく、板前であっても様々な性格があるのに、と思いやられる気持ちになった。御上は妙子の気持ちを理解し、求人もどこに出すかをアドバイスして下さった。しばらく考えられた後、

「坪倉さん、それなら八月末と言う事で後残り頑張って下さいね」と御上は激励して下さった。

それから三日後に「かねざき」には、田中と言う新しい女性が入って来られた。御上は皆に、「田中菜津子さんです、これから朝十時に来られます、えーっと指導は崎岡さんに頼みます」と発表された。

「私でいいんですか?」

「ええ、あなたはベテランだから…」と御上は崎岡を励ました。

「田中菜津子と申します。旅館は初めてですので、よろしくお願いします」と深々と頭を下げられた。崎岡は若いのにとても礼儀正しい子と好印象を持った。後で御上は崎岡を自分の部屋に呼んだ。

「ねぇ、あなたね、あの田中さんを極力辞めさせない様に気を付けてもらえる?今辞められると困るの」と御上が急に言ったので、「あのう、今まで私が原因した事があったんですか?」と崎岡は反発心を持った。

「あのう、はっきりとはしてないの、と言うのは、あなたに言っとかなければならないのは坪倉さんがね、富戸に土地を購入されて独立されます。だから急きょ御上代理と言う名前を付けたんだけど、八月末までの勤務になるから、田中さんに来てもらったの」と御上は説明した。

「そうだったんですかぁ、知らない間にそうなってたんだったら…これからが大変」と崎岡は人員を確保と言う気持ちを強く持った。

「それとね、この間も市の職員との話し合いがあったんだけど、この土地が都市開発に入ってるから延期の場合もあるけれど、行く行くは閉鎖になります、それを考えるとね…若い人には言ってあげないとと思って…」と御上は少し涙ぐんでいた。

「そうだったんですか…私も以前、浮上した事は知っているんですが、あまりお伺いするのは申し訳ないと思って…少し悩んでた時期がありますす」と崎岡は今までの事を伝えていた。

「だから私も深く吟味して、伝えていこうと思うの、あなたも何か問題点があったら直接言って下さい」と二人は長年の苦労をわかち合った。

「御上さん、有難うございます、努力をわかって下さって…」と崎岡は胸が熱くなった。

新しいアルバイトの田中と言う女性は、住まいも同じアパートで、妙子の下の部屋だった。同じ並びに崎岡がいるが、それでも住み込みよりも良いと言う事で、先日も買い出しをしている時に、近くのストアで見掛けた事がある。年齢は二十六歳と言っていたから、若手の人ってこんな感じなのかなぁ…と妙子はこれから、この世代の人を多く募集する事を考えていた。その女性を見ていると、いつも崎岡に付いて素直に習っているし、個性は強くはないけれど、ホテル業務には合いそうに思っていた。

お休みの日に妙子は、御上の紹介で求人の案内所を尋ねてみた。そこはどの人も閲覧出来るのが良い所で、最近の求人を見ていると、按摩師とか旅館業務、ホテルの客室係などこちらが求めている内容と似ていた。係りの男性にこれからのスケジュールを伝えると、「じゃあ、十月から社員の研修に入りたいご予定ですね、そしたらせめて来月位から載せてみてもいいと思います」と言う計画を言われた。

「そうですね、まだ建物は土台の段階なので、どうとも言えないんですけど、建物の事ですので仕上がり出したら早いと思うので…」と妙子は、いつ頃であれば良い人が集まるのかを聞きたい位だった。

「どちらにしても、オープン予定と言う事で、求人広告を出してみる方が良いと思いますよ、お客さんも、相手の履歴書を見ながら吟味してもらった方が…」

「そうですね、じゃあ、そうさせて頂きます」と妙子は求人広告を依頼する事にした。

「では、この用紙に所在地とホテル名、募集内容などを記入して下さい」と男性が筆記用具と用紙を出してきた。妙子はホテル名を「オテル　ド　クラッポ」と記入し、募集人数を男女各二十名、新卒既卒者共に良いと言う条件を記載した。語学に力を入れたい考えだったので、学部はともかく語学力を重要視していた。そして、料理人を見習いを含めて二十名にして、見習い以外は職務経験二年以上とした。係りの男性は妙子の条件に目を通し、

「わかりました。良い条件の人が揃《そろ》われると良いですね」と言って広告料の計算をしていた。合計が三万七千円になり、妙子はもうすぐにでもと言う気持ちが湧《わ》いてきたので、現金で支払う事にした。

「有難うございます、では来月の一週目のこの日から掲載を二回しますので…何か手ごたえがあるんじゃないかって思いますよ、また何かありましたら、お知らせ下さい」と名刺を渡された。名刺には、貝島秀明と書かれていた。妙子は御礼を言って、正哉の事を気にしながら外に出た。携帯電話に番号が点灯していた。板倉正哉からだった。

「あのう、もしもし」

「ああ、僕」

「ああ、正哉さん」

「あのね、今から出れるけど、今外にいる?」と正哉に聞かれたので、「あのう、今ちょっと駅の近くにいるの、良かったら会いたいわ」と妙子が言うと、「じゃあ、食事でもしよう、そこで待ってて」と正哉は言った。電話はすぐに切れて、妙子は少し本屋を覗いていた。夏が過ぎれば、秋の訪れ…。秋の求人広告では遅いと思って、七月から開始する事にしたのは良かったが、社員研修のインストラクターを全部引き受けるとなるとぞっとして、一度に疲れが押し寄せた。

妙子は踊子号のバス停で、腰を降ろして手帳に研修内容を記入していた。生暖かい風が肌を通り抜け、じんわりと汗が出てきたが、着物の着付けや立ち振舞い、語学講座など合わせて七項目にもなる研修内容を書き込んでいた。その時、正哉の車が近づいて来た。妙子の前で車は止まり、妙子は御礼を言って車に乗った。

「正哉さん、久しぶりねぇ、あれから心配してたのよ」妙子は手帳をバッグにしまった。

「うん、急な電話で悪かったかなぁ、今日はね、同僚から聞いてた店があるから、そこに行こう」

「ええ、この近く?」

「うん、多分この地図だとそんな感じ」と言って車を走らせた。車は十五分位で、川沿いの店に着いた。二人は川べりの座敷に腰を降ろした。お店の壁には鍋焼きうどんから、天ざるそばなどのメニューがあり、正哉は一度妙子とは、天丼を食べたいと思っていた。

「妙子さん、ここの天丼がね、おいしいって聞いたから、それでいい?」と正哉が言ったので、妙子も、「じゃあ、私もそうしようかな」と答えた。

「あれから大変だったんじゃない?聞いたら余計《よけい》に悪い気がして、こっちからあまり電話も掛けられない気持ちになってて…」と正哉はお茶を飲んだ。

「うん、八年ものベテランの方が急に来られなくなったから…でも、もうやっと回復はされたんだけど、お仕事の内容が少なくなって…それで今、新しい女性の指導をされているの」

「そうかぁ、それで富戸の方も時々、見に行ってるって？」

「そう、まだ土台作り、でもね今日は求人広告をお願いして来たの」妙子が話している時に天丼が運ばれて来た。お吸い物とセットになっていて、蓋《ふた》を開けるとふっくらとした海老が二匹入っていた。

「わぁ、おいしそうねぇ、食べましょうか？」

「うん」正哉は吸い物の方も慣れた手つきで、蓋《ふた》を取った。箸を割ってひと口、口に含むとごまのコクのある油とが混り合っていて、衣が甘く感じられた。妙子も肉厚のある海老を上の方から食べると、ふっくらした中に天丼のたれがしみ込んでいて、下のご飯までおいしく味わう事が出来た。

「やっぱり、聞いた通り、コクのある味」

「そうね、天丼って久しぶり、おいしい、正哉さん、職場ではまた何か新しい事習った？」

「うん、料理法が洋食は違うから…でも鍋洗いなんか、深さ六十センチ位の鍋があるから、それには驚いた。もう腕が痛くて…」

「そうだったの、私も正哉さんみたいな人が来てくれたらいいなって思ってる」と妙子が

言うと、正哉は、「僕はね、まだ駆《か》け出しだから…」と言って吸い物を飲んだ。そして、

「求人って多いの？」と正哉は尋ねてくれた。

「うん、六十名位かな…料理人も含めると、求人広告の効果がよ過ぎても大変だし…と今は思ってる」と妙子は天丼の残りを食べた。

「そう、これからが忙しい、そうかぁ」と正哉はお茶を飲み、煙草に火を付けた。

「いつか、こちらのホテルに来てもらいたいの」

「えーっ、そうかぁ、嬉しいけどまだまだ道のりが遠くて…、でも有難う。頑張るから…」と正哉は勤務先のホテルの場所を教えてくれた。二人は店を出て、先程より少しゆるやかになった川べりの風に当たり車に乗った。

「妙子さん、忙しくなるだろうけど、また会える時会おう」と正哉は手を強く握った。

「ええ、私も」と妙子は言って、アパートの近くまで送ってもらった。

新入社員との出会い

第一回目の求人広告が新聞に載った時に、妙子はアパートでそれを見た。来春オープン予定、オテル　ド　クラツボ、新規従業者大募集、男女客室係各二十名、語学教養にファイトのある方を望む、年齢二十歳以上、その他料理人、見習いと経験者、年齢不問と書かれた六センチ位の広告があり、見た感じも前向きな印象で、目立つ所で良かったと妙子は思った。それ以後、家のポストには一通ずつながら、丁寧に書かれた履歴書が送られて来るようになった。妙子は三通の履歴書を見ていると、それぞれの人生を生きていて、同じ所に送る縁と言うものを感じていた。

看護学校の中退者だとか、飲食店の経験のある人を見て、どんな採用試験を組み立てるかをしばらく考えていた。採用試験問題を購入する方法と合否通知の原稿を考え、もう一度求人案内の所へ行ってみようと思っていた。それと試験会場の手配、予定は八月の盆休み明けから、一次面接を始めようとしていて、大体五十人位入れる貸会議室を考えていた。

また二人程、板前だった人の履歴書を見ていた。高校を卒業されて、弟子入りされてから一年後か…二十歳に満たない人は、どうすれば良いか。妙子は契約社員以外に、アルバイト採用も考えてみる事にした。来る人を全員合格にしてあげたい気持ちは、あるのはあっても、なかなか人件費を算出すると大変な事になる。そう思って取りあえず書類審査合格者、不合格者への通知原稿に妙子は取り組んでいた。後程、研修のトレーナーの採用をしなければならない。教養講座を入れると八項目になるが、トレーナーとオブザーバーで合わせて二十人になる。それが短期アルバイト採用になり「かねざき」の人達も、充分先生にもなれる位の人だと思う所があるが、こちらのトレーナーとして数時間来て頂くのは、これみよがしで決まりが悪い気がした。

七月の中頃多川は鮎《あゆ》を仕入れて来て、開いている水槽に数匹移していた。それまで鱧《はも》をお客様には出していたが、鮎の塩焼きも八月の中旬にかけて、メニューに上がっていた。妙子は露天風呂のひとつの方が開いていていたら、鮎を泳がせたらいいのではないか…と思っている程鮎が好きだったが、あまりにも失礼な提案になるので言えないままになっていた。鮎が泳ぐ姿はかわいらしい、と言いながらも鮎のメニューは浮かんでくる。妙子は仕事中も手帳を用意して思いついた時に、新しいメニューを記入しておいた。

「坪倉さん、その後どう？頑張ってる？」と崎岡が久しぶりに聞いてきた。

「はい、今人集めをしている段階で、まだ具体的な所は…」と妙子は渋っていた。

「そうなの、私もね御上に言われて、田中さんを辞めさせないようにって、それでね、どうしてかって思ってたら、坪倉さんの話を聞いてね、もうびっくりしたわ、あなたはなかなかやり手だと思う、私なんかはそんな事、出来ないし…」と崎岡は手の荒れを気にしていた。

「いいえ、崎岡さんはベテランです、いつもそう思っています。本当にあの時、崎岡さんが相談にのって下さらなかったら…ここでの私はなかったと思うんです、修善寺は情の厚い所だなぁって、しみじみ思ったので…」妙子は下を向いてハンカチを出した。

「そう、有難う、でもあなたね、今までの経歴を考えても、やはり御上になられて研修もしていく方が、あなたに合うと思う、住み込み時代も、よく頑張ってたね」と崎岡は妙子が来てからの、いろいろな出来事を思い出していた。

「はい、私も今までこちらで、つちかって来た事を含めて、新しい人達にも良い所を指導していく決心がつきました。有難うございました」と妙子は御礼を言って涙を拭いた。崎岡は妙子の肩に手をやって、今までご苦労様でしたと言うように、ポンポンと二回軽く叩いて部屋を出た。

　求人広告も二回目が掲載され、履歴書も三十通を越す枚数になっていた。求人案内所を訪れると貝島さんとの話で、面接後の試験問題に関しても連絡先があり、改めて問い合わせてみる事にした。合否通知の原稿は、近くのワープロ原稿作成の所を尋ねて、まず合格原稿を五十枚印刷してもらった。印刷したてでぬくもりがあり、暖かい合格通知を袋に入れてもらって店を出た。帰りに本屋へ寄って、求人情報誌を手に取ってみた。妙子は二冊買い求め今後の参考にと考えた。後は語学スクールの上の階に貸会議室があると記憶していたので、一度下見に行ってみた。そして連絡先を控えておいた。

八月の求人情報誌には、妙子の求人広告が載っていた。これでもう一度、集まる層を確認したい気がしていた。週一回の情報誌では、料理人を入れて十二名に増えた。今の所、自宅から通勤する人が七割程ありその方が堅いのかどうか、それは写真だけではわからない。そう思いながら、良い方と返却する方に分けて、そろそろ面接試験の案内を送る準備をしていた。またその頃、研修員の募集もかけておいた。面接日は八月の最後の週の水曜日に、貸会議室を押さえる事が出来たので、三十四名の面接試験を妙子は母親と実施する事にした。

「かねざき」では、妙子の送別会の話題も少し出る時があったが、日中三十四度を越す暑さで布団はカラッと干せるものの、通りすがりのお客様が具合が悪くなられて、そのままお泊りになられる事も八月にはあり、近くの病院を紹介するようなアクシデントもあった。

次の日はお昼頃まで休んでおられて、お体の方も良くなられて帰られたが、旅館の周辺に喫茶店すらないからこうなるのよねと、今後もこんなお客様の気持ちをわかってあげたいと皆そう思っていた。お盆休みになるとご家族連れも今年は多く来られて、次の日は伊豆海洋公園に行かれるらしい。妙子は親子三人で来られたお客様との応対をしていた。城ヶ崎ではホテルにも泊られるそうで、両方に泊ってみたいと思って頂ける気持ちを有難く受けとめていた。

今までの経験から、客室の間取りでベッドが置かれた床《ゆか》と畳の間《ま》の部屋をもう一度考えてみて、建築士の三上の方に問い合わせてみた。今から三階に取りかかる予定であると聞くと、あれから急にスピードが上がって、今までの設計図を渡していた事で救われた気がした。三階部はシングルルームやツインなど、従来のホテルと変わらず、四階部も幾つかその部屋を作り、残りは妙子が考えた新しい床の間で寛《くつろ》げるルームが半分を占める。と言うのは女性客のひとり旅のお客様の事を考えると、ルームサービスの食事も充実させたいし、大きな鏡の前での食事と言うのは、ちょっと落ち着かない。妙子は昔、他での就職を考えた事があり、社会勉強も兼ねてひとりで宿泊をした事があるが、これでは鏡を見ながらの食事になると思った事や、夕食と言ってもディナーになってしまう為に、フルコースをお店でひとりでと言うのも時がもたない。そんな経験からホテルの計画が次々と生まれてきた。

家では面接時に配るアンケート用紙の用意だとか、母親の布団の用意をしていた。求人案内所の女性で元屋かな子と言う良い人がいて、丁度お仕事が空いている時に面接のお手伝いをしてもらう事になった。前日仕事が終わってから行ってみると、もう蒸し暑くてしようがないので、明日十時開始なので元屋さんに、冷たいお茶を三十七本買って来てもらう事など、気の付いた所をメモしていた。電話をしてみると、レシートが出る所でいいんですねと引き受けてくれた。当日の欠席者は五人でいずれも電話連絡があり、次週の面接に廻す事になった。

「お母さん、本当に暑いけど頑張ってね」

「うん、履歴書も見せてもらったけど、今の人はいろんな遊びを知ってて、好みの人に会えるかどうか…でも妙子の方針に合わせられる人を選ぼうと思うから…」と母は言ってくれた。

元屋と言う女性は控室でお茶を配り、「少々お待ち下さい」と感じ良く応対されていた。三名ずつ入って頂いて大体十分から十五分で進めていたが、研修の時間などは朝九時から十五時半と伝えておいて、やる気のない人は考え直して頂く気持ちだった。料理人の面接を分けたいと思ったが時間の関係で、客室係と混在した状態になっていて、どうもそうなると料理人がはえる気がした。語学の方は検定試験をアピールする人も数名いて、英文科時代を思い出す事も、しばしばあった。大体二時頃までで三十名の面接が終わった。通知は五日位かかり、もしうまくいけば来週筆記試験ですと伝えておいた。時々暑さで目がチカチカしたが、冷たいお茶で顔を冷やした。帰りに元屋さんにお茶をひとつ、持って帰ってもらった。元屋さんは、「有難うございました」と御礼を言って、妙子が、「また来週、お願いしますね」と言うと、「はい、わかりました」と素直に答えてくれた。母は自分の肩を叩いたりして、首を注意深く回していた。好印象の人も数名いたらしく、面接を実施した事は良かったと思った。

家に帰り、鰻《うなぎ》を二人で食べると目の疲れも柔らいだ気がした。

「あれだけ人を朝から見ると、目がとても疲れたわ」と言って、白いご飯を食べていると、母も、「本当に、でもいい人が集まってくれて良かったわ」と胸をなで下ろしたい様子だった。来週の試験はこちらで出来る事を伝えると、母も同じ考えで最終に残った人を見せてもらいたいと言っていた。母はこれから必要になるからと、妙子に名刺入れをプレゼントしてくれた。ワインカラーで中央にロゴが入っていた。

「あなたも、これから多くの人と名刺を交換するようになるから、使いなさい」と言ってくれて、妙子は、「有難う、私もこんな立場になったんだなぁって思うわ、私の名刺も後一ヶ月後には作らないと…と思ってるの」と言った。

「そうね、プリントを依頼してる所だったら、出来ると思う」と母は言って、ホテルの部屋の間取りなどの新しい発案に大変感心していた。

妙子は母と相談の結果、客室係は遠方過ぎる人三名を今回は遠慮して頂く事にした。一時間半程かかって、通いますと言われても少し無理に思えた。もしも経営がうまくいけば、社員寮も考える必要があると思うが、それは今後の大きな課題だった。妙子はワープロ印刷を依頼して、帰りにストアに寄り、アジを十二匹買った。後は小麦粉とにんじんを買って袋に入れて下げていた。多川と朝の仕入れに行った事を思い出す位、重たかったがどうしても作りたいと思って妙子は購入した。妙子は辞めるまでに、皆にさつま揚げを食べてもらいたいと思っていた。その為に仕入れてもらうのも申し訳ないので、三枚に下ろす所までアパートでしていく事にしていた。

御上に送別会の前日に厨房を使わせてもらいたいとの意向を言うと、よくわかって下さった。お料理が大変でバックアップしたいと思われたらしい。十二匹分のアジを袋に入れて持って行き、多川にも了解を得て妙子は取りかかっていた。

「あなたね、もうフードプロセッサーを使ったらどう?包丁でトントンやってないで…」

と御上は椅子の上に乗ろうとされていた。

「ああ、私が取ります」とより重そうな佐々木が取ってくれた。

「有難うございます」と妙子は笑うのをためらっていた。さすがにフードプロセッサーはアジを、とても細かくなめらかにしてくれた。すり鉢の大きい方を、多川が奥から出して来てくれて洗ってくれた。にんじんも、みじん切りにすぐに出来て、しょうがを少々下ろし金で下ろして、後はすり鉢に全部入れて小麦粉で堅さの調節をした。調味料を入れて手でこねて、十等分にする位の気持ちで手で形作っていった。油を適温にして揚げていき、バットの網の上に並べていた。

「まぁ坪倉さん、懐かしいさつま揚げね」と崎岡が言ってくれた。

「私もさつま揚げって好きなのよ」と御上も言われた。妙子は賛成してもらって良かったと思った。ひとつのさつま揚げを皆三つに分けて、お味を見たがほんのり甘さもあり、アジのさっぱり感もあって久しぶりの故郷の味だった。

送別会当日は、連泊のお客様がおられなかったので、午前十一時から二時間位の予定が組まれていた。山園は前の日に十一時に来させて頂きたいと言っていた。二階の部屋にはお花が飾られていて、鮎《あゆ》の塩焼きと鱧《はも》の浸け焼き、鉄火巻きときゅうり巻きに、なすびと牛肉のいため煮と妙子のさつま揚げが、テーブル一杯に並べられていた。妙子は鮎か鱧のどちらが良いか聞かれたので、鱧の浸け焼きを頂いてみる事にした。鮎は以前の送別会を思い出してしまいそうで、その日はやめておいた。女性は大体、鱧を頂いていた。ご飯にも合いそうな甘辛いたれが含まれていて、加瀬の包丁さばきは見事だなぁと女性達も感心していた。

「このギザギザの所に、しみ込んでいておいしい」と山園も言って、鉄火巻きをしょうが醤油でその後食べていた。板前の二人は皆にほめられて、「それだったら良かった。この切り込みを五ミリ位ずつ入れる時、よく叩かれたなぁ…って思うよ」と加瀬は言った。

「そうだったんですか、それで僕にはそんな事、あんまりされなかったのか…有難うございます」と多川は加瀬に、感謝の気持ちを表した。加瀬は、「住み込みで大変な思いをしてんだからなぁ、おまえもよくやってるから」とそう言って、頭をポンと軽く叩いた。

「でもね、ちょっと発表があります。えーと、田中さんが充分に慣れられたので、住み込みでも良いと言う返事をされていますので、川見さんと入れ替わってもらったら、どうですか?」と崎岡が提案した。

「そうねぇ、こちらに来た時は、どうしても出来ませんって言ってたのに、多川君にいろいろ教わってから、やる気になってくれて…」と御上は、鱧を食べて言った。

「ほほっ、若い人ってそう言うのかも知れないわねぇ、良かったわ」と佐々木は太い腕を伸ばして、お寿司をつまんでいる。

「あのう、私、皆さんがいい人でそう思ったんです」と田中は多川より年下で、いつも言葉少《すく》なだった。

「私、ちょっと坪倉さんのさつま揚げ頂くわ」と崎岡が言って、川見にも薦《すす》めていた。

「あの、そしたら私は田中さんと来月から、入れ替わってもよろしいの？」と川見が尋ねると、「ええ、今までご苦労様でした。後、シフトで急に早い目に出てもらう事がありますから、お願いします、それと…」と御上は妙子の方を見たので、妙子は、「あのう、御上さん、いろいろ考えてみたのですが、アパートの住所で人を集めていますので、すぐに出る事が出来ない状態で、母の方と行き来するような方法を取らせて頂きますので、よろしくお願いします」と言ってみた。

「そう、やはりそうだと思う。急に人を増やしたりしないから大丈夫よ、あなたもまじめな所があるから…このさつま揚げにも出てるわ」と御上は、ほめてくれた。

「本当にそうね、男性の姿なんて一度も見なかったものね、でもこれからは自由にね」と山園は心配しながら言った。

「坪倉さん、私ちょっと二つ頂いたんだけど、ストアのものよりも栄養があって、おいしいわ、有難う」

「ほんと、坪倉さんが来てくれて九州のお味が少しずつわかって良かった」と多川も言ってくれた。最後に、来年はどうなっているかわからないけど頑張ろう、と言う気持ちで皆で乾杯した。

仕事の最終日に山園からは、「これ店のものだけど、良かったら食べてね」と巻き寿司を頂いた。漬け物石を取りに行ったり、最初のお掃除を手伝って頂いたりして、今までの思い出が頭をよぎった。

「有難うございました」と妙子は頭を下げた。

「本当によく我慢してくれたわねぇ、うちの若い従業員にもね、あなたの事を言ってから、よく頑張るようになったの有難う、またお会いするかも知れないけど…」と山園は優しく言った。御上が部屋で呼んでおられたので、「それじゃあ」と軽く会釈をして、御上の部屋へ行った。行ってみると崎岡もおられた。

「坪倉さん、これは私達からの激励と言う事で、ご祝儀になります。受け取って下さいね」と御上はご祝儀をテーブルの上に置いた。

「あのう、どこまでやれるかが、まだわからないので…」と妙子は少しとまどいを見せたが、崎岡も、「あなたのファイトが、新しい女性従業員を呼び寄せたりしたんじゃないかしら、どうぞお受け取り下さい」と言って下さった。妙子はそう言われて、やはりオテルド　クラツボを発展させようと言う気持ちが一段と強く湧《わ》いてきた。

「承知しました。少々の事ではめげずに頑張ります」と言って、有難くご祝儀を頂いた。

「それとね、もしあなたのホテルでゴルフコースを希望される場合があったら、遠慮せずに相談して下さい、富戸だったら星沼さんの所がいいと思うの、カントリークラブのオーナー」

「ええっ！そんな所まで…」と御上の心配りにため息が出そうになった。

「いろんな配慮をしなきゃいけないでしょう？」と崎岡は熱海のホテル時代の事を話していた。妙子は二人に見送られ、「かねざき」を後にした。


翌週の筆記試験は、全部で三時間半かかり、休憩時間を挟《はさ》みながらであっても、求職者の態度を見ても好感がもてた。その後先週来られていなかった人と、新しい人の面接で全員で十八名になり、妙子はへとへとになってしまった。筆記試験の結果は二週間後と伝えていて、本日の面接の通過者に関しては、次週に筆記試験を行う事にした。そして妙子の手元には続々と、研修員の経歴書が届いていた。大体今で先生の方の十名は、決められそうだった。次週の午後に研修員とオブザーバーの試験を予定していて、問題点のなさそうな人にお送りする事にしていた。

この建物の下には語学スクールがあって、日本語が通じる外国人であれば、是非来て頂きたいと言う考えがあった。今の所英会話の先生は見つかっても、ホテル用語を含めたビジネス英語を知っている先生が見つからないので、妙子は元屋にも相談していた。

「会社の研修ばかりを担当している、派遣会社とか、そんなところに当たってみましょうか?ただし、普通のアルバイトと違って、時間給がはね上がりますけど…」と言う意見だった。妙子も確かにそう思ったが、知識が豊富な気がしたので依頼しておいた。またその間にと思って、一階にある語学スクールのビジネス英会話の申し込みをして、受講してみる事にした。短期大学時代の英語と、ちょっと決まりが違う。今はこの表現でも良いのか…と言う疑問点もあったが、これで良いと言われると丸暗記する事にした。

先生の名はジェファーと言って、イギリス人の女性だった。イギリス人の話す英語を聞くようにと、口を酸っぱくして言われた世代なので、妙子はなじむのも早く、お互いにひとり暮らしでもあるので、親しみのもてる女性だった。妙子は今後話したい事柄をまず、日本語で書いてみて辞書で英作文にした。ジェファーはわかってくれて、いつ頃から研修が始まるかを聞いてくれた。十月十一日と言うと、「ウーン、オッケー」と答えてくれた。妙子は教えに来てくれる研修員を、自分で捜して決められた事に満足感を感じていた。その他として事務職、経理、財務管理、人事、広報の部を考えて募集していた。全部の筆記試験が終わる頃、先程の内勤業務部門の面接のみ、母にも立ち合ってもらった。

十月の初めにホテルは完成し、十月七日に入社式が行われた。客室部門が五十六名、内勤部門が十二名になり、三階の宴会場は若い人達の熱気で、秋風が春風に変わったようだった。以前お世話になった兼崎道子さんも祝辞を述べられ、当たり障《さわ》りのない良いお言葉だったが新入社員には、ここのオーナーがそんな下積みを沢山されていたなんて…と言う驚きがあった。そして、「皆さん、オーナーであり御上として出発する坪倉妙子さんに恥をかかせる事のないよう、今後の研修も頑張って下さい」と言う元気のあるお言葉で締めくくられ、皆の拍手が送られた。その後再び妙子が壇上に上がり、オテル　ド　クラツボの経営理念を述べた。

一、人に尽くし、己に尽くすことで、和が生まれる

二、人に尽くし、己に尽くすことで、成長がある

三、社会に貢献する人になる

と発表し、その為に会話があります。だから研修では日本語の話し方から、日常英会話、ビジネス英会話を一日の研修で、必《かなら》ず一コマ入れるようにしています。ですから毎日覚える事は多いですが、海外からのお客様の応対が出来るようになって頂きます。もし出来ない場合は、ベッドメーキングなどのお仕事が増える事になります…と言う内容を付け加え

た。そしてその後、皆に研修内容の冊子を配り、各研修員とオブザーバーの紹介をした。皆研修科目の所に、先生の名前を記入していた。三日間のお休みの後は社員研修が始まる。およそ四ヶ月間頑張ってもらって、来年三月八日のオープンの頃は、果たして何名残っているか。期待や不安が入り交じる中、妙子も派遣会社からの元ホテル勤務だった方から、ベッドメーキングの方法を教わっていた。

式典が終わり、丸いテーブルには数々のお料理が置かれて会食の時間になった。妙子は母と乾杯し、兼崎にも飲み物を薦めていた。

「御上さん、これからもよろしくお願いします」と妙子は、オテルドクラッボ　坪倉妙子と書かれた名刺を両手で渡した。

「有難う、よく頑張ったねぇ」と兼崎は、やっとの思いでたどり着いた妙子の気持ちを察して言った。妙子は胸が詰まるような思いがしたが、「ファイトを持って、若手の育成に力をそそぎます」とこれからの抱負を語っていた。別のテーブルには、料理人達のチームがあり、研修員と仲良くお料理を食べている。後は皆で写真を撮ったりしていたが、一回幾らと言う値段を付けたい位、一緒に撮られる事を繰り返し過ぎて、終了後はベッドメーキングをした部屋で休んでいた。母からは、「あなた、女優さんみたいね」と冷やかされた。

妙子は母に時々は帰れるんじゃないかと思いながらも、募集を今も受け付けていてなかなか帰られなくなっているので、取りあえず妙子の学生時代の英会話の本を数冊、送ってもらう事を伝えて、駅までお見送りをした。妙子は美しい和服姿であったが、正哉の事を思うと帰りに買い物をしておこうと、ストアに寄ってみた。電話で話をしていると、入社式も無事終わったのならまた会おうと言う話になり、妙子のアパートに来られる事になった。明日は正哉もお休みでいつも何かを気にして会っていたが、やっと二人でゆっくりと過ごせそうな気がしていた。正哉は御祝いを兼ねて、先日許しが出たクリームソースを使ってのお料理を考えていた。鮮度の良いアワビも手に入って、正哉は妙子の家に大切に持って来た。ドアをノックする音がして、妙子は外の様子を確認した。

「はい」

「ああ僕」と言う正哉の声がして、袋の音がガサガサしていた。

「はい、今開けるわ」と妙子はチェーンを外して鍵を開けた。

「まぁ、大変な荷物ね」と妙子は荷物を持って、家の中に案内した。

「それにしても、大変だったなぁ」と言って正哉は煙草を吸おうとした。

「あのね、ちょっと灰皿になるものがなくて…ごめんね」と妙子が言うと、「じゃあ、また後で缶コーヒーを飲んでからでも…」と言ってお茶を飲んだ。

「妙子さんは、何か作ろうと思ってた？」

「ええ、ちょっとスパゲティカルボナーラを作ろうかなって」と言うと、正哉は少しええっ？と思ったらしく、「うん、この間ねクリームソースの許しが出たから、アワビを買ったんだけど、お互いクリームだったらなぁ」と正哉は笑っていた。

「ううん、私はいいの。長い間あまり食べられなかったから、生クリームのものを、だからせっかくのアワビだし、お料理もそのままでいいから」と妙子は言ったので、正哉は早速《さっ》取《そく》りかかった。

正哉はペティナイフで、アワビを外して臓物をきれいにした。

「正哉さん、アワビの肝を使うの？」

「いいや、今回は使わないようにしてる」と言って、身の所を丸い形に切っていた。鍋でクリームソースを作っている時、妙子はスパゲティを茹《ゆ》でていた。アワビに火を通して、パセリの粉末をパラッとかけて味付けした後、クリームソースをかけて仕上げた。妙子はフライパンでいためたベーコンと玉ねぎがあったので、生クリームの残りを使ってホワイトソースを作り、醤油を二、三滴加えて麺とからめた。正哉は白ワインを用意してくれた。ひと口ビールグラスに白ワインを注《そそ》ぎ、グラスを合わせた。

「アワビのクリーム煮って、正哉さんが考えたの？」

「うん、あれからちょっと考えてて……」

「ふうん、おいしいわ、白ワインでよりすうっとした感じね」と言って、アワビをおいしそうに食べていた。

「多分、こんな西洋風をあまり食べてないだろうって思ったから」

「あのね、このお味、こちらのホテルでも作って」

「うん、まぁそんな身分になったらね」と今度は、カルボナーラを食べた。

「妙子さんは、洋食も上手だなぁ、このホワイトソースだったら応用が利くよ」とほめてくれた。白ワインは二人の気持ちを和《なご》ませた。そして、二人は軽く接吻した。

「正哉さん、今まで有難う、随分かかったね」妙子は涙ぐみそうになった。

「うん、でもこれから、これからが本当の出発、とそう思ってる」

「ええ」妙子の手を正哉はしっかりと握った。正哉を見送った後、妙子はクリームの甘さの中に爽《さわ》やかさがあり、ほんのりとした気分だった。部屋には、正哉が置いて行った缶コーヒーが二つあった。

素敵な専任講師

社員研修は客室部門四十名、内勤部門十二名の計五十二名でひとつのクラスを結成して、料理人の十六名とは別の所で研修を行っていた。共通の研修は時々あるが、内容が異なっている為に研修員の先生を変えた方が効率良く進められた。カリキュラムに日本語の応対と言うのがあり、接客業であるから自己本位な応対は許されない。妙子はそう言う所など、ひとりずつの評価表を作り、自分の長所、また改善するべき所を見直して頂く為もあって、三ヶ月後に中間報告をする予定であった。研修員に任せる研修ばかりでなく、自ら何が担当出来るかを考え進めていこうと、研修が一ヶ月経過した頃に、海外のお客様の電話応対と言う項目を担当する事にした。最近の若い人達は、海外旅行をした人もあるらしく、英会話にも慣れているようだとジェファーは言っていたが、ビジネスの電話応対を甘く見てもらいたくないので、妙子は自分で冊子を作り皆に配った。そしてスーツ姿でボードの前に立ち、ロールプレイと言って、従業員役になってその時に合った言葉を話し覚えて、繰り返す事が大切であると説明した。妙子は従業員役を指名して、妙子がお客様役になった。

「はい、では上田園子さん、はいあなた、ちょっと起立して下さい」

「はい」

「もっと、すぐに立って下さい」

「は…い」と上田園子は恐る恐る立ち上がった。

「では、私がここのホテルに電話を掛けますが、ホテル名の発音がちょっと違う場合の所をやってみます。では、ハロー、イズズィス、ジオテルドゥクラッポー?」

「えっ?オウ、ノー」と上田は答えた。

「それではいけません、少し似てるのだったら、もう一度言って下さい、と言うのがマナーですから、アイベイグ、ユアパードゥン?と語尾を上げぎみに言います」と妙子はボードに英語で書いた。

「では、アイベイグ、からもう一度」

「はい、アイベイグ、ユアパードゥン?」

「オーイエス、イズズィス、ジオテルドゥクラッポー?」

「オテルドクラッツボ」

「はい、上田さんはそう言われないと納得しないと思いますが、外国人の発音は全く同じではないので、そんな時は、ジオテルドゥクラッボズ、テレフォンナンバーイズ、何々と後は数字を英語でそのまま読みます」と妙子は電話番号の一例を書いて、数字の読み方を教えた。

「電話番号を言って合っているかを確かめられますから、クラッボ！と言い合う事もなくなります、くれぐれも研修後の三ヶ月間は、英会話の出来る人に代わって下さい。そして応対がうまく続いている場合は、いつものビジネス英会話に切り換えて、宿泊でございますか？と言う表現から入って下さい」と説明した。

「それと誰かに代わる時や、少々お待ち下さいと言いたい時は、ウェイトア、モーメント、プリーズと必《かなら》ず言う事。それとお名前は？と言う時に、ファットゥイズユアネーム？はあまりにもカジュアルだし、お友達同士ではないので、メイアイ、アースクユアネーム？と丁寧に言って下さい、それでホテルの品格が決まります」と厳しく指導した。五十分の研修はこのように、皆にとって興味深いものになった。

妙子は料理人の御指導をして下さる、佐原先生に今後のオープニング時の謝恩メニューについて、皆に教えてもらいたい項目を幾つか上げていた。もう料理人は西洋料理六名、日本料理七名、中華料理三名で、その中で見習い人は五名いた。妙子は試食を何度かしてみた所、中華料理のお味が濃い所がある位で、それ以外はこのままで良いと思った。洋食の昼のコースメニューには、鶏肉と焼野菜のブロシェットピラフ添えと、貝柱のクリーム煮、かぼちゃのプディングにコーヒーがあり、貝柱のクリーム煮は少しこってりとしていたので、正哉の作ったクリーム煮を思い出して、次回来てもらおうと妙子は思っていた。日本料理店では昼懐石を用意する運びで、白魚とわかめの酢の物、ぐじの焼物、温泉卵、山菜ご飯、お吸い物、茶巾しぼりの含め煮をセットメニューとして作って頂いたが、以前いた料理店とは違い、しっかりとしたおだしでベースが整っていて、あきのこないお味だった。料理人七名のうち、三名が見習いからスタートしているが、このお味なら何とか見習って頑張ってもらいたいと思った。

十一月の三週目頃に正哉から電話があり、デザートを習ったと言う報告を聞いた。妙子の家までレアチーズケーキを持って来てくれて、二人で食べる事にした。中にイチゴソースが入っていて、センスの良いレアチーズケーキだった。

「正哉さん、この前のクリーム煮とこのレアチーズケーキだけど、こちらで教えてもらえる？お願い」と妙子は頼んだ。

「うん、取りあえず仕事の休みの事もあるし、親方の了解を取ってみるよ」と言う返事だった。

「やっぱり新しいホテルだし…うまくいくといいけど…」と正哉が思案していると、「うん、どうしても来てもらいたいの」と妙子はその日、今までのメニューの説明をいろいろしていた。

正哉から良い知らせが届いたのは、それから三日後だった。西洋料理のリーダーの寺崎さんの了解もあって、午前十一時から二時間位の予定で正哉は来てくれた。厨房は一階の奥にあり、他の厨房とは別になっている。妙子もエプロン姿で、付き添いをしていた。クリーム煮の方は、まず焼物をオリーブオイルで焼く事がポイントで、クリームの方は無塩バターを使う。それに塩を加えると同じではないかと思われる所もあるが、それが違ってくる、と言う説明を正哉はしていた。皆は普通のバターよりも、こんなに違うのかと感心していた。次回、板倉正哉先生は、レアチーズケーキを教えて下さいますと言う連絡を妙子はしていた。皆からは、「えーっ」と言った驚きの声が上がったが、妙子は今、ホテルのカフェスイーツも考えていて、製菓専門学校の出身者を採用していた。

「来週から三名入られます。西洋料理部門の中の製菓部門になりますが、よろしく」と妙子は言った。その後は佐原先生の料理実習であったが、妙子は正哉を二階のカフェに案内した。二階のロビーの奥がカフェになっていて、テラスからは海が見える。

「正哉さん、今日は有難う。疲れたでしょう、今日はここの自慢の、ブリオシュ、さくらんぼクルートのせを食べてみてね」と妙子はそれを二つ注文した。

「ああ、今日は本当に疲れてしまったなぁ、あの説明で良かった？緊張したなぁ」と正哉はおしぼりで額を拭いた。ナイフとフォークが置かれて、ペーパーナフキンを膝《ひざ》の上に置いた。仰々しいと思っていると、若い従業員が感じ良くブリオシュを運んで来た。コーヒーも同じ時にポットで運ばれ、熱いコーヒーが勢い良く注がれた。

「どうぞ、ごゆっくりお寛《くつろ》ぎ下さいませ」と女性従業員は、一礼をしてゆっくりと頭を上げて去って行った。

「社員研修は行き届いてるね、どの子もいい子で…、じゃあナイフとフォークで頂いてみようか」と正哉は、これがさくらんぼ？と言うような表情で、赤黒くなったさくらんぼをフォークで突き刺した。

「私も、じゃあ頂いてみよう」と妙子はブリオシュの方をナイフで切り、口に運んだ。

「甘酸っぱさの中に、バターの風味が利いてて、おいしいよ」と正哉は日頃食べ慣れてはいないものでも、おいしそうに食べてくれた。

「そう、良かった。前は酸っぱい時があったんだけど、今は丁度いいわ」と妙子は口元を押さえて、安心した様子だった。

「ほうっ、テラスか、海が見えるホテルっていいなぁ」と正哉は煙草を吹かした。

十二月に入り製菓部門の三名も、うまくなじんでくれたようで、お菓子の腕前を発揮しながら、自家製ピザの生地の作り方も、西洋料理部門の人達に披露してくれたりして、少人数ながら信頼が厚かった。妙子としては二階のロビーのカフェは、スイーツのバリエーションを豊富にしたい為に、今後も製菓部門を倍の人数に増やす予定だった。本日のお薦《すす》めスイーツと言うものを作ったり、こちらが提案して補充してもらう方法を考えていた。ブリオシュさくらんぼクルートのせ、マンゴスチン生クリームババロア木いちごのせや、正哉のレアチーズケーキと飲み物をセットにする事を候補に上げていた。

正哉は生徒九人の中にうまく解け込んで、和《なご》やかにレアチーズケーキの講習会が始まっていた。中央のイチゴソースの赤が鮮《あざ》やかで、めずらしいレアチーズケーキだと生徒からも好評だった。七センチ五センチの四角い形に切り分けて試食をしてみると、あっさりした甘さで男性にも食べてもらえそうなお味だった。妙子はその日、三階の研修室でケーキの試食会を予定していて、その後の時間は生クリーム入りチョコレートケーキと、フルーツケーキの講習会を他の先生で予定していた。正哉は洋菓子の先生と思われていた為に、日本料理もされていたと伝えてあげたい気がしていたが、ホテルの料理人の経験者も多いので、スイーツを担当してもらう方が招待しやすく思われた。

皆で三階の研修室に上がると、客室部門の人達の研修も終わっていて、女性は全員参加する事になったが、男性は十人位希望者があった。普段女性の姿がないので、女性二十数人がいる中に入ると、料理人までほのぼのとした空気に包まれた。細かく分けたチョコレートケーキも、女性の口に合っていて、「このケーキが普通の大きさだったら、おいしいと思う」と言う意見が多くあった。アンケート用紙に記入してもらった所、レアチーズケーキも赤い線が印象的だとかで、二階のカフェにも登場する事になった。女性の中には、「こんなケーキを、教えてもらいたい」と言う希望者まであり、女性の文化サロンと言うか、お料理講習会の企画など今後の予定に組み込む事で、女性客の確保を考えていた。

研修から二ヶ月が過ぎ、個人それぞれの評価表もある程度うめられ、大体のその人の個性がつかめてきたので、内勤部門から順序良く個人面接を行っていた。内勤で忙しくなければ客室のお手伝いをする事もあるので、性格を重要視していた。無事料理人まで終わるともうクリスマスのシーズンで、クリスマス会を催した。研修員の先生のお言葉もあり、乾杯後は各丸テーブルに並んだ七面鳥のローストやハム、チーズの盛り合わせや、サンドイッチがしばらくの間で食べられていったが、別のテーブルのお料理まで食べに行く人がいたりして、若い人のする事は抜け目ない。七面鳥ローストがはかどっていない所は、料理人が切り分けて薦めてくれていて、以前のケーキの試食会で少し若い従業員同士の和も出来たようだった。妙子は正哉と赤ワインで乾杯して、七面鳥ローストを食べた。正哉はサラダのドレッシングに興味を持っていたので、妙子は後から調べて、ビネグレットソースと伝えた。研修員もビールなどでほろ酔い気分になられていたが、そろそろ後半になりカラオケの時間が終わると、皆で使ったお皿などをこちらのテーブルに持って来なさい、と言う指示があり、片付けも接客業の仕事と先生は教えられていた。研修のお休みは十二月二十八日から一月五日までになり、一月六日の九時から式典があります、と言う連絡をしていた。

年が明けると、妙子はホテルの二階の御上の部屋へ引っ越す事が目前に迫っていた。年末から三島へ帰り、例年のように来られる叔父叔母とも良い出会いになった。御祝いまで頂くととてもプレッシャーがかかってしまったが、いつか湯治《とうじ》を兼ねて見に行きたいと言ってくれた。正哉も久しぶりに、生まれ故郷の大分県佐伯市に帰っていた。兄の成哉《せいや》とも久しぶりに再会して、兄からは今後の人生設計を聞かれていた。兄は行く行く大分に帰って、両親の近くにいると思うと言っていた。正哉は、「仕事も全てが伊豆で合っていて、これからも伊豆で暮らしていく」と伝えていた。父親からは転職もしているし、店も何度も変えている事で心配されていたが、そんな新しいホテルのオーナーに気に入られているのだったら…と納得していたが、それが女性であるとは伝えていなかった。正哉の実家からは海が見えて、故郷に帰ってもクラッツボからの眺めを思い出していた。

オテル　ド　クラツボオープン

妙子は一月吉日に、ホテルへ引っ越しをした。天井が高くセミダブルのベッドが端に置いてあり、ソファーやミニステレオやクローゼットが備えられていた。フローリングでキッチン付きなので、自分でお料理にいそしむ事も出来るので、ストレスは少なくなる事を願っていた。妙子は暇さえあれば、お料理のメニューと今後のお客様へのサービス内容として、まずゴールデンウィークと夏休みのお客様の確保を考えていた。連泊の割引きは勿論の事、短期大学や女子大学の語学研修に当ホテルを使って頂けないか、当ホテルでも外国人の講師がいますと言う事柄を、アピールしていきたいと言う考えがあった為に、女性の学校のリストを幾つか上げていた。そして広報部の二名と相談して、近くへは営業に出てもらう事にした。妙子は三島にある母校も考えたが、他と神奈川の方に行ってみる計画を立てていた。

ホテルが扱うプランはいろいろあっても、今程お客様の目も全て肥えている時はないのではないか…と考え、ひとつは学校向けの語学研修、二つ目は絵画リゾートプラン、三つ目はゴルフリゾートプランを今の所打ち出していた。結婚式場や披露宴の内容も充実させなければいけないので、旅行会社にも来てもらって、そのあたりの所は広報部が商談に当たっていた。七階の新婚カップル向けのスイートルームの提案や、同じ七階にはカップルだけでなく幅広く使って頂ける静かなラウンジがあり、ピアノの生演奏も聴けるようなムードと規律がある店作りを考えていた。

正哉とはその後、二階の妙子の部屋で会うようになっていた。

「妙子さんって、語学とか料理に興味を持ったりしてた人って言うのは知ってたけど、まさかこんな建築とかまで、建築士に提案出来る人とまでは、わからなかったなぁ」と正哉は言って、ベッドの近くのソファーに腰掛けた。

「うん、それはよく言われる。どこで研究したんですかって、私はただ建物が好きで、住まいの設計とかそんな本を見てる事が多かったから…」とコーヒーを飲んだ。

「妙子さん、実は正月はね、今年は家族で元の家に帰ろうと言う事になって、浜松ではなく大分で話し合ったんだ。それで僕はこれからも、大分に帰らず伊豆で暮らしていく、と言ったんだけど、妙子さんもこちらに財を建てたんだし、そう思うでしょう?」と正哉は聞いた。

「ええ、やはりもう私も故郷を離れて、二十年にはなるから、土地がある時でさえ、そこでホテルをとかは考えなかったし…まだこちらの方が観光客は多いと思ったから」

「そうか、じゃあここで頑張っていく決心がはっきりしてたと言う事で、これからも尋ねられたら、そう言っておくから」と正哉は言って、残りのコーヒーを飲んだ。

「正哉さん、今日はね、私が設計した客室でね、六階と七階を見てもらいたいの。セミスイートとスイートルーム、そこは新婚さんばかりでなく、永年のご夫婦を御祝いするプランでも、使って頂けるように考えてる所なの、さぁ、一緒に行ってみましょう」と言って部屋に鍵をかけた。六階までエレベーターに乗り、写真撮影にも使われる事を考えてテレビや照明器具にまで、どこかゆとりを感じさせる部屋になっていた。正哉は、「ここだったら、父ちゃん達も気に入るだろうなぁ…」と言って、カーテンから外を眺めた。

「海がきれい、きっと気に入ると思う」とふり返った。

「そう、良かったぁ、中年以降の層の人にも気に入られる、ホテル作りをどうしたらいいかって考え過ぎてしまって…じゃあ、いつかお会い出来るのね」

「うん、必《かなら》ずそうする」と正哉は何かを決心していた。

その頃、兼崎道子が妙子に久しぶりに電話を掛けてきた。

「坪倉さん、お久しぶり、オープンももうすぐね、あのね、ゴルフコースの方どうする?」

と親切に聞いてくれた。

「はい、やはりもうそろそろ、私もお会いしてお願いした方が…と思っていますので」

「そう、じゃあ私から伝えておくから、星沼さんから多分、連絡があると思う。カントリークラブのオーナーです、じゃあね」と電話が切れた。妙子は近くのカントリークラブともお付き合いをせねばならないとなると、なかなか大変な気がしたが、これも仕事と割り切って、いつお電話があっても出られるように、外出着を決めていた。

カントリークラブのオーナーから、妙子の携帯電話に連絡が入ったのは、無事に研修期間が終了した二月十五日頃だった。社員達は三月八日のオープンの準備の為のお手伝いをしたり、後は休暇を取ってもらっていた。オーナーは出来たらこちらに来てもらいたいと希望されたので、妙子はタクシーで十分位の先方まで手土産を持って、ご挨拶に訪れた。フロントでご挨拶すると、「少々お待ち下さい」と女性がソファーへと案内した。妙子がソファーに腰掛けて、しばらく待っていると後ろから、「ああ、お待たせしました」と言う声がしてふり返ると、よく日焼けした肌にポロシャツを着て、パーカーをはおった男性が妙子の前に座った。

「あの、兼崎さんから聞いていましたよ。何か旅館の方で大変苦労されたとかで…独立されて良かったですよ」と言いながら、胸ポケットから名刺を出された。名刺には、星沼カントリークラブ、星沼和彦と書かれていた。妙子も自分の名刺をお渡しして、ホテルの名品店で扱おうと思っている、伊豆のお菓子をお土産として渡した。星沼は、「まぁ、ご丁寧に有難うございます。こんなにまだ若い女性が、なかなかよく頑張られて、僕より二つ年下と聞いたけど、しっかりした人だ」とほめて下さった。こちらの使用料を聞いてみたいと思いながらやっとその話になり、月決めで支払う契約になった。妙子は昔の御上であった兼崎の心遣いが、どこかにあるように思われた。

「では、今後はゴルフコースのお薦めパックも、こちらでより良いものをお客様に提案出来るように努めます」と妙子は言ってその日は帰った。

広報部とのミーティングでは旅行会社から見ても、ホテル側がカントリークラブと提携していると、旅行者にも薦めやすくプランが立てやすいと言われたそうだ。妙子も何とかその路線に追い付こうとして、良かったと安心した。そしてこの近郊の学校の方はどうだったかを聞いてみると、最近は海外を懸念《けねん》する事も費用と安全面で考えられるから、近くにあるとアピールはしやすくなると言った意見を持たれたらしい。どちらにしても広報部は、パンフレットの企画もセンスよくやってくれているので、営業には出られない所にDMの発送もしていく方針だった。妙子は奮起して、神奈川の数ヶ所に営業に出る事を決めていた。一泊はしなければ、はかどらないとそう思ってビジネスホテルの予約をした。

オテル　ド　クラッツボのオープンについては、広報企画部が手掛けた、市の情報誌や新聞広告でも知られていて、三月の卒業シーズンの会食の予約などで、日本料理とフランス料理店が賑《にぎ》わう事が予想された。ロビーの大きな花器には数種類の花が生けてあり、生け花の専任講師が花の種類なども確認しながら、一週間前から何度も花に手を加えている。

妙子はそんな時、茶道と華道を習っていた二十歳台を思い出した。そして神奈川の短期大学を、訪問させて頂いた事を思い起こしていた。妙子は校長室に通され、そこで数分待っていると、六十歳台と思われる学校長が入って来られた。

「あのう、初めまして、以前お電話でお伝えしておりました、伊豆のホテル経営の者で坪倉妙子と申します。この度、富戸《ふと》にホテルをオープンさせる運びとなりましたので、またこちらの学校の生徒様にも語学の研修旅行などでなじんで頂きたく、ご挨拶に伺った次第でございます」と起立して深々とお辞儀をした。

「さようでございますか、数ある学校の中でも、こちらに来ようとされたのは、何か理由がおありだったんですか？お知り合いか何か…」と学校長は尋ねられた。

「いいえ、ただ新聞や情報誌で、こちらの学校が語学を重要視されていると言う事を知りましたもので、出来ましたら夏休み中も長くなりますので、先生とご一緒の研修もおありでしょうが、こちらでも語学の研修員もおりますので、ご用命下さいませ」と妙子は自分の名刺の他に、パンフレットを幾つか出した。

「そうでございましたか、そんなもうすぐオープンの所から、お声が掛かるなんて…こちらもそのような方法があるとの事を、また新たに教育部とも相談してみたいと思っております。すぐと言う事でなく大変恐縮しております」と学校長は、ご丁寧におっしゃった。帰りに女性事務員が、下の階まで送って下さって、本当に来て良かったと言う印象を持った。妙子がお電話をあらかじめして、お会いさせて頂く予約を取った中で、こちらの学校が印象深かった。他の学校は父兄の意見などを総合して考えてみたいと言う意向もあり、なかなかすぐの予約にはならないが、こちらの熱意はある程度伝わったように思えた。

オープン当日は、マイカーで来られる方やタクシーなどで、一階駐車場の方はスムーズかを妙子は心配していた。妙子はロビーにいるベルボーイを扉の外だけでなく、タクシーで来られた方が一階の駐車場に行かれないように、タクシーを誘導するように指導していた。入口のウェルカムの所にいる男性社員も、時々外の様子を見て車の誘導が、うまく行っているかを主任に伝える事と注意していた。また外のベルボーイとロビー中央にいるベルボーイとは、二時間ごとに交代する事を伝えた。

当日はこのように意外な展開があり、客室に案内するベルボーイまで、ホテル内の案内に駆《か》り出され、女性の客室係がお客様をお部屋に案内する事になった。故郷のホテルウーマンは、お客様の荷物を持つのに中々こちらではその習慣がないらしく、またまた後で呼び付けて注意する事にした。二階の花瓶には、ローズピンクのユリに、こでまり、シダとミモザ、ラベンダーが生けられていて、多くの女性客がその前で写真を撮っていた。

「坪倉さん」と言う声がしてふり返ると、「かねざき」の女性達だった。

「坪倉さん、素敵なホテルが完成したわね。私達ね、御上さんと崎岡さんを待ってるの。皆の意見でね、ここでミーティングをしようって、もう加瀬さんと多川君はここの中華料理店で待ってると思う。それにしても、坪倉さん、グレー地に小花の小紋が似合ってるわね」と山園さんが言ってくれた。

「あのう、本当に有難うございます」と妙子は恐縮して頭を下げた。

「それに、あなた髪の毛のアップも、しやすい長さになったし、以前も言ったけどやはり御上さんもお色気も大事だし…」と佐々木が言うと、皆からはまたいらない事言ってるわと言う目で見られていた。丁度その時、「ああ、ごめんね、遅れて…」と息せき切って、御上と崎岡がロビーに入って来た。

「まぁ坪倉さん、星沼さんからも聞いたけど、先方はいい人だなぁ…って言ってたわよ、まぁあせらないで、今日はね、皆でこちらの中華のコース料理を頂きます、よろしく」と御上は相変らず感じ良く言って、向こうに行かれた。

広報部のお蔭《かげ》もあって、近郊の学校からは卒業後の謝恩会を開催したいので…と言う、思いもかけない吉報があり、広報部と共に乾杯したい気持ちになった。三階の宴会場は、よくこんなに若くて美しい女性が多くおられたと感心する位、四百人には満たない位だが、振り袖姿の若い女性に引き付けられるものがあった。こんな女性が当ホテルで次々と結婚式を挙げて頂ければ、どんなに優雅なイメージに従業員の心はなるか…と妙子は考えてみた。そして着付け担当の研修員をひとり付けて、アルコールや食事などで着くずれをされた場合の控室も用意していた。妙子は三階の宴会場の外でしばらく様子を見ていると、

「あのう」と振り袖姿の若い女性が呼び止めた。

「はい、如何《いかが》なさいましたか？」と妙子が尋ねると、「あのう、友達がコース料理を食べていて、急に帯がきつくなって帯をほどいているんです。それを元に戻すのにどうしたら良いかと思って…」と女性が言う言葉を聞きながら、妙子は、「こちらの化粧室ですか？」と歩きながら聞き返した。女性はこちらと言うように手で案内した。化粧室の戸の外には長い帯が、ばさっと投げ置かれていて、妙子がトントンとノックすると、「大丈夫です」と言う精根つき果てたようなか弱い声がした。

「外でお待ちしていますので…」と妙子が声を掛けると、「はい」と言う返事だった。十分程もうひとりの女性と待っていると、また別の女性が帯をほどかずにはいられない様子

で、前かがみになりながら入って来た。

「大丈夫ですか？帯をこちらでほどきましょう」と妙子は着付けが出来るスペースに案内した。帯をするするっと解《と》くと女性はほっと安心したようで、息がしやすくなったらしい。女性は、「有難うございました」と、へとへとと言う声を出していた。妙子は客室係で着付けの出来る女性を呼び出した。そして宴会の食事の進行に伴《ともな》い、デザートが出る頃まで具合の悪い人がいないかどうか、帯をいっ時でもほどいたら良くなる人であれば、お手伝いをする事を命じた。

先程の女性がしばらくして出て来られると、袖は床に幾度となくこすられた様子であったが、それでも体調が良くなったと言われていたので、「では、こちらで長襦袢《ながじばん》から整えましょう」と妙子は言って、最初に声を掛けて下さったこの女性の友人と着付けを行った。女性は、「有難うございました。気分も良くなったし、でも私はここにいたから、最後の三つが食べられなかったわ」と妙子と友人に話していた。

「二人でまた来ます」と若い女性は言って感謝して帰られた。妙子はしばらく若い人だなぁ…と思ってくすっと笑っていたが、客商売は何がきっかけでご贔屓賜わるかわからないものだとしみじみ思った。

正哉はきらびやかな謝恩会があった後、お休みの時に来てくれた。

「なかなかロビーも、美しく着飾った女性であふれ返ったようになってて、これが謝恩会かと思ったらそうじゃなく、普通の食事会だと言ってたし、華やかなホテルになったなぁ」とフランス料理を前にして話していた。

「そうね、私もオープンから二週間は休みは取れなかったし、今位にならないと…それに二人の誕生日も御祝いする事が出来なくて、だから今日は、ゆっくりと食事を楽しみたいわね」と妙子は白いナフキンを膝の上に置いた。テーブルにはグラスワインの赤と白が置かれていた。ポタージュスープから始まって、サーモンとクレソンのグリーンサラダ、牛肉フィレステーキ、海老のコキーユ、バターロール、六センチ四センチの小さなチョコレートケーキとアイスクリームにコーヒーと言うコースメニューを妙子はオーダーしたので、正哉はこんな豪華な食事をと思いながらも、妙子の気持ちに感謝したい気がしていた。

「これも、ビネグレットソースだなぁ…あっさりしてて、僕は一番これが合うよ」と正哉はサラダを食べながら言った。

「お肉はどう?」

「うん、なかなか切りやすくて、おいしい。今の所ステーキなんて、食べられなかったから、有難う」と正哉は牛肉をきれいにナイフで切って、中央の赤身がまだ残っている肉をフォークでおいしそうに食べていた。

「海老のコキーユも、ホワイトソースがおいしいし、ほんと良かったわ」

「僕もちょっとアドバイスさせてもらったけど、経験の多い人から、うん、この方が良いって言われると、やっぱり嬉しかったなぁ」

「うん、ほんとに良かったね。正哉さん、努力してたから…それとこの間の試食会で、文化サロンのような催しで、ケーキ講習会を開催する事も考えてるのよ。四百人に近い女性もいっぺんに集まったんだから、でも正哉さんはその時の先生だったら、取られてしまうかも…」と妙子は言ったので、正哉は吹き出しかけた。

「あのね、妙子さん、僕は大丈夫だと思う。でもメニューによるけど、それぞれ得意な人に頼んでもらいたい。僕もね、ディナーの二品位任される事になったから」とワインを飲んだ。

「そうなの、出世したわね、私ね、実は今考えてる建物がもうひとつあるの。それで、正哉さんはそこのレストラン部門をして頂いたら…と思ったりして、昨日も夢の中に出て来たの」と妙子がうっとりして言うと、「僕が?」と正哉は冗談を言った。

「そう、まぁ着実に進んでから、考えてみたら?ね、何か前から言おうと思ってた事を言うと、ワインで眠くなった感じ…」と妙子は紅潮した頬に手を当てて、ほんのりとした気分に包まれた。

マリンリゾート計画

三上と話したのは四月に入ってからで、「続々とお客様も来られて、良かったですねぇ」と言って下さった。

「三上さん、実は私、今考えている新しい建物があるのですけど、今のホテルから見える所で七階建てで、八十二坪だったらどれ位になりますか？」と妙子が質問をすると、「ちょっと待って下さい、調べて来ますから」としばらく待たせた後、「千八百万位になりますね、土地だけで、あのうごく普通の建て方かどうかで、建設費も変わってきますので…ホテルですか？」と三上が尋ねた。

「あのう、今考えているのは、宿泊施設ではなく、休養の場で一、二階は回りが水族館になった喫茶室があって、その他は普通に水槽《すいそう》が幾つかあるのを閲覧するコーナーがあり、魚類、両生類の生態などを説明するビデオコーナーも設置出来るようにしたいと思っています。そして、三階はシアタールーム、四、五階が温泉と休憩室、六階が従業員室、七階が海の見える回遊レストラン、とそのようなリゾートの為の建物を考えています」と妙子は説明した。

「それにしても、また随分凝ってますねぇ、水族館も兼ねて、温泉リゾート、そして最上階には少しずつ回転移動し、全景が見えるレストラン、と言う感じですか?」三上はそう言って、うーんと考えていた様子だった。

「どうですか?どれ位の建設費ですか?」と妙子は筆記用具を取り出して聞いていた。

「そうですね、五百六十万に後、設備費が百二十万と、そんな所ですね」三上は多額の出費で大変だろうと、気兼ねしながら言った。

「そうですか、新しいホテルだけでなく、何かもうひとつ別の物を考えたいと思ったもので、一度考えてみます」と妙子は手帳を閉じた。

「今のホテルのお客さん達も行きやすい場所と言う事で、土地をもう一度こちらも考えておきます。よろしいですか?」

「はい、お願いします」と妙子は次の出費を知って体が重たくなるようだったが、お客様の笑顔を思い出して、頑張ってみようと思った。

ホテルは学校の入学シーズンと言う事もあり、卒業のイメージとはまた違ったメニュー作りにいそしんでいた。ワンピースにコサージュ姿の女性を見ていると、文化サロンもアートフラワーのコサージュ作りなどを考えてみるのもいいなぁ…と思っていた。妙子はバラが好きだった為に、近郊の観光パンフレットを作っていた時に、ローズガーデンと言う所も見てみたい気がしていた。そして、修善寺まで足をのばしてみようと言う気持ちになった。頭の中にはバラが浮かんで、バラのモチーフを使った何かを考えてみたかった。妙子は普段着のままで、カメラなどの荷物を肩から下げていた。

　客室業務部には仕事のアイディアがあるからと言って、妙子のお休みの日であったが行き先を伝えておいた。もうだいぶん慣れてもらっているので、従業員だけでも仕事は出来るようになっていた。まぁ、お休みの日は普段と違うんですねぇと言う目で見ていたように思うが、いつも着物かスーツと言うのも何となく疲れる。そんな感じでその日、三名が送り出してくれた。タクシーは修善寺へと向かった。園内には薄い紫やブルーのバラの花もお目見えしていて、華やかなイメージの中にシックさがあった。妙子は好きな大きさになった花を写真に収めた。つぼみの良さや花びらがこれ以上開かない状態まで、バラはいろいろな表情を見せる。数々のバラを見ていて少しこの忙しい毎日に、ゆとりが出てきたような気がした。

　妙子は近くのレストハウスに寄って、アップルティーを飲んでいた。無地の手帳にバラをデッサンしていて、縦七・五センチ横九センチの大きさで書いていると、カフェのコースターを想像した。それに小さいバラの餡、そんな手作りの商品をホテルの名品店に置いてみたい気がした。そして他では買えない品作りに、力を入れていた。妙子は以前ここで正哉と再会し、初めて食事をした事を思い出した。もうあれから二人は、一年以上たってそれぞれの道を歩んでいて、良い間柄になれたなぁ…としみじみ思っていた。まずはコースターを作る事を帰りに考えていた。修善寺から何となく何年かぶりに伊東に行ってみたくなって、タクシーは伊東の海岸へと向かっていた。

スニーカーを履いて来て良かったと思う程、海岸は足を傷つけやすく思った。ザザーッと言う波の音を聞くと、九州を思い出した。富戸は仕事と言う気持ちで、海にもめりはりがあった。しばらく歩いて腰を降ろすと、近くに小さな貝がらがあった。平たい物とかピンク色の物とか、茶色っぽい巻貝を見つけて手の中で握りしめていた。少し歩いてまた捜すと今度は白い物が多くあった。鞄からビニールの袋を取り出して、パラパラッと入れておいた。河津でも見てみたが、こちらの方が明るい色を見つける事が出来た。旅館時代には出来なかった事がやっと出来て、妙子は少し疲れが出たが、雄大な海を見ていると心のうっぷんまでのまれていきそうだった。いつか正哉とも、一緒に海を見つめられる時が来るだろう。それをどこか人生の楽しみにしていても、乗り越えなければならない壁は多かった。今はこの小さな貝がらが私の味方、とそう思って袋の貝がらを見ると、貝がら達は素朴な人だなぁ…と笑みを浮かべているように見えた。

おもてなし宿泊リゾート

フロントで二、三人が固まっているので、注意をしに行こうとすると、「御上さん、先程からゴルフの方のお客様の予約がありまして、十名はうまりました。何か星沼オーナーのご紹介とかで…」と川野と言う英語の堪能《たんのう》な男性社員が言った。

「そうだったの、それで…」と妙子が聞いてみようとした時、他のフロント係の女性が、「先日、御上さんが営業に行かれた所は、一度教員で行かせて頂きますと言う事で、ゴールデンウィークの予定が入りました。十名様です。本当に良かったですね」と感じ良く言ってくれた。

「そう、本当に有難う。私も早速御礼のご連絡をさせて頂かないと…」と妙子は衿元《えりもと》を整えて向こうに行った。

星沼と連絡が取れたのは、それからしばらくしてからだった。

「星沼さん、何かゴルフの会員様に当ホテルをご紹介下さったとかで、ご宿泊の予約がありました。その後も別のグループで、八名様のご予約があり、本当に有難うございました」とお電話で申し訳ないと思いながら、御礼の気持ちを語っていた。

「そうですか、繊維関係の会社の人に坪倉さんのホテルの事を伝えていたから、予約を入れたんじゃないかな、そう、良かった。また今度、稲取《いなとり》のバイオパークでもご案内しようかと思いますが如何ですか？」

「はい、私でよろしければ…」と言う返事を考えながら妙子はして電話を切った。星沼がお休みを合わせて下さる事になりその間、妙子は広報部と先日のバラのコースターの製作の件で、ミーティングを幾度となく行った。

色付けをしてみるとテーブルまで明るくなり、従来の白も良いが、またカフェも華やぎが出てくる事を期待していた。広報部も、「確かに、そんなイメージもいいですね、一度企画会社の方、当たってみます」といつもセンスの良い三戸《みと》と言う女性が言ってくれた。

「それと今、バラの形をした飴を考えているんだけど、人事課と相談して社員の中で、またお知り合いでも、飴の製造をして下さる所があれば調べて下さい。こちらの方でも考えてみますから」と伝えておいた。妙子の部屋のテーブルには、ローズピンクに緑のバラのコースターと、その上に見つけて来た薄いピンクの貝がらが乗せてあった。星沼からの電話があり、それからと言うもの服を数着、着替えたりして少し疲れてしまったが、無事着て行く服にアイロンを掛けて、ハンガーに掛けておくと少しゆっくりした気分になった。花柄のブラウスとスカートに赤の細いベルト、白のハンドバッグを用意していた。

妙子は次の日、星沼カントリークラブまでタクシーをとばした。ハンドバッグの中に小型カメラと手帳をしまっていた。星沼は妙子を見ると、いろいろな服が着こなせそうな人だなぁと言う顔をして眺めた。

「坪倉さん、どうもお呼びしてしまって、ここから車で行きましょう」と自家用車へ案内した。妙子は星沼の白い車に乗り、そこからは三十分位はかかると思われたが、なぎさラインの道を車は軽快に走った。妙子から見ると四歳位年上の星沼が、なぜカントリークラブのオーナーになられたのか、そんな事に興味を持っていたが星沼はそんな質問をしないでも、実家は沼津にあって鞄の会社を営んでおられて製造工場もそちらにある、と言う内容などの話をされた。だから繊維関係の会社のお知り合いも多いのか…と妙子は思った。妙子が三島にいる母親の話をすると、「それはまた近くで、随分前からご縁があったのかも…」と言う言い方を星沼はしていた。

「それとね、ここの伊豆高原の近くに僕の家があるんです。またいつか来て下さい」と言われた。妙子は驚いたが、「まぁ、素敵ですね、こんな美術館が多い所に…」と言って他の事を言おうとした。そしてしばらくして、車はバイオパークに着いた。

「風が気持ちいいですね、きれいな海」と妙子は言って車から降りた。

「九州の人だったら、こんな海沿いの自然が多い所の方が好きかなぁ…と思って、いつもいつもホテルの建物の中じゃ、息が詰まる。時々は気分転換にこちらの方にも来て下さい」と星沼は歩きながら言った。妙子はうなずこうとした時に、「あっ」と言って、突然の風にあおられスカートを押さえた。

「大丈夫？」と星沼は軽く腕に触れた。

「ええ」と妙子は笑って、そのまま一緒に歩いていた。喫茶室も比較的ゆっくりとしていて、席に着くと二人はアイスコーヒーを注文した。妙子はハンカチを手に持って、星沼の実家のお仕事の話を聞いていた。

「それじゃあ、経理の仕事とかはお母さんの紡績会社でされたんですか、そう」と星沼は納得したように、アイスコーヒーを飲んだ。

「でも、それから河津まで行ってみようと、よく決心がついたと思う。坪倉さんって文学的な所もあるなぁ」と言ってくれた。

「それが事の始まりで、母の所に帰って相談をしようと思った時に、途中で修善寺が懐かしくなって宿泊したのが、兼崎さんの所だったんです。それがきっかけで星沼さんまで、ご紹介頂いて…」と妙子は人生の転機と言うものを感じた。

「坪倉さん、ゴルフは初めて?じゃあ後でパターゴルフでもしてみよう」と星沼は誘った。

二人は店を出てゴルフ場へ向かった。心地《ここち》好《よ》い風が二人の間を抜けて、妙子のスカートを優しくなびかせていた。

先日の神奈川の短期大学の先生達は、下見の旅行と言う事もあってゴールデンウィーク中、二泊して下さる事になった。回りの環境も見てみたいので…と言われると、なかなか教育熱心な学校で良かったと妙子は思った。娘さんを進学させたりして少しほっとされたようなお母さん方は、一体何を食べ何を考えて生活しておられるのか、そのお好みを先読みしていくのが、本当のサービス業なのではないかと妙子は四六時中考えていた。何か当ホテルがその人達の心の支えになっていたり、何か食事が励ましになったりする事をどこか願っている。そんな事を考えていたら、昼の文化サロンもいよいよ開講する運びとなった。四階の客室と離れた所に文化サロンを設け、何かの製作は三時間位を目安にしていて、語学講座は一時間半と言う方法で講座により異なった。

五月開講はアートフラワー手作りコサージュ作りと、バラのモチーフで手作りアクセサリー、後は英会話講座で日本人の先生が担当した。広報部が新聞、情報誌に依頼してくれたお蔭もあって、予約も少しずつ増えていった。開講時間が午後二時からと言う事もあり、主婦層が今回多かったように感じられたが、英会話講師の小山《おやま》先生は、「一回ずつでなくて、何回かのコースを作ってもらいたい」と言う希望をお客様から言われたらしい。それはまた先生にも内容を考えてもらって、来月から一度開講する事になった。ただし語学の場合、数回になればチケット制にしてみては…と妙子は思っていた。二階のカフェには、バラのモチーフのブレスレットをした女性が、時計を気にしながらコーヒーを飲んでいた。なかなか企画が今回良かったと思いながら、妙子は業務日報を付けていた。

ご宿泊の感想を読んでいると、お部屋の空気が良く、四階の客室もベッドの所以外が床貼りや畳《たたみ》を敷《し》いている所があり、履き物を脱いで上がれるようになっていて居心地が良いと言う意見があり、長年の心に留めていた構想がやっと認められた思いがした。正哉とはその後も電話でやり取りをしていたが、最近はビーフステーキをバターで焼いたり、その付け合わせとかまでを担当させてくれていると言う報告を聞いていた。宿泊客が増えたり、カフェが正哉から受け継いだレアチーズケーキも、お客様のテーブルで見る事が多いのよと言いたい気持ちで一杯だった。バラのコースターの製作とか先方の企画部が来られたりして、しばらく会えないじまいだったが久しぶりの正哉の頑張りを聞くと、新しいマリンリゾートの計画もどこか前向きに進めたい気持ちだった。

妙子は今までの宿泊客や、良いアイディアをご提案頂いたお客様に、お手紙を書いていた。学校関係の方からは、お部屋がデラックスだったので、もっと従来通りのシングルルームはどうなっているのですか？と言うご質問があり、客室係が空いているお部屋にご案内して見て頂いたそうだ。そうしないと父兄方は大変費用がかさむと言うイメージで見てしまうとのご感想で、合わせて通常のシングルルームとツインルームの連泊の宿泊料を送付させて頂いた。夏休みには是非、勉強熱心な生徒さん達にお目にかかりたいとそう思っていた。

母親が三島の紡績会社から、慰安旅行と言う名目で友人達を連れて来たのはそれから数日後だった。一泊ずつして下さったので、六月のうっとうしい空が少しはましに感じられた。男性が三名で女性が五名の八名様で予約が入ってからと言うもの、ワゴン車の手配などで忙しくなった。絵の好きなグループだったので、タクシー二台では美術館を廻る際に、また次のタクシーを見つけなければならなく、都合良く来てくれるかどうかハラハラする事も多い。まして画材道具を抱えての旅行となると、スペース的にも余裕があった方が良いと言う事で、皆には妙子の心配りが良い印象を与えたらしい。母とは夕食が終わってからそんな話をしていて、今後計画中の土地も大体の所を見てもらっていた。

「あの場所だったら、カントリークラブの手前でここからも行きやすいし、あなたがそこに建てたいと言う気持ちもわかる。えっとー、一度銀行の融資に聞いてみるから、今までと支払い額がどう違うかを、ちょっと聞いてみるわ」と母は案外、賛成してくれている所もあった。それにこの並びにもこの部屋に似た造りの部屋があって、そこでも絵画の作品作りにいそしめるようになっているから…と言うＰＲをしていた。母は絵もいいけれど、フローリングだったら車椅子のお方も移動しやすいから、ご家族もご旅行に連れて行ってみようと思うのではないかなぁ…と妙子に話していた。

回遊レストラン主任

マリンリゾートの計画はその旅行の後、母と三上との話し合いで建設する事が決まった。土地の経歴を調べた所、近くのカントリークラブも購入する計画を立てた事があったらしいが、前向きにはなっていない事がわかった。母はそんな白羽の矢が立つような所であれば、妙子にも縁があったのではないかと思ったらしく、誰ともかち合っていないのだったら…との事で、契約にふみ切った。妙子のホテルからは、数人の作業員が行き来しているのが見える。予定では十月中旬頃には完成するらしく、以前は美術館の計画の際にそこの土地の掘り起こしを、二年前にした為に今回は比較的早く取りかかれるのではないかと言う事を、新たに三道《みどう》から聞いた。妙子は少し安心して、何とか夢を実現させたい希望に燃えていた。

正哉からの連絡でお休みの日は、こちらに来て妙子の部屋で、お料理を作って下さる事になった。「牛ほほ肉の赤ワイン煮込み」を正哉が考えたらしく、是非お味を見てもらいたいと言う意向だった。妙子はお休みの日まで申し訳なく思って、ポタージュスープに挑戦してみようと思い、朝からコトコトと煮込んでいた。サラダにする材料を洗ったりして、準備を整えていた。正哉が来たのは十二時頃だった。買い物をしてからいつも来てくれるので、今後は買い物位は聞いてしてあげなければとてもハードに思えた。煮込み鍋を洗って出しておくと、正哉はいい鍋だなぁ…と言ってほめてくれた。

ほほ肉は赤く染まり、デミグラスとうまく解け合っている。玉ねぎは形をくずし、甘さを出している。ハーブの香りが食をかき立てた。キッチンで煮込みをしている間、ベッドが置いてあるソファーの所で二人はお茶を飲んでいた。

「正哉さん、私ね今日どうしても伝えておきたい事があって…」と妙子は窓の方に行って、白の薄いカーテンを開けた。

「正哉さん、ちょっと、ここから見えるんだけど…」と妙子は正哉に窓の方に来てもらうように言った。

「あのね、あそこに作業員の人達が何人かいるでしょう、そこに今計画してる建物があって、十月の中頃には建つ予定なの。七階建てで最上階には、少しずつ移動して全景を見る事が出来る、回遊レストランを作ろうと思っていてね、そこの料理主任になってもらいたいと思うの」

「えーっ！本当？　あーっ、ちょっとびっくりしたなぁ」と正哉はそう言いながら後ろのベッドにばさっと座った。

「あのね、シェフとかだったらわかるんだけど、主に料理主任はどんな役目？」と正哉は座ったまま尋ねた。

「うーん、作る事ばかり専念せずに全体のお料理の進行具合を確認したり、指示したりする事をしてもらいます、と言うのはお客様の好みが沢山あるから…コース料理ばかり何度もと言うのも失礼だし、和洋食、中華と揃えないとね」と言って妙子は、ワイン煮込みを見に行った。

「ああ、もうそろそろいいと思う。ちょっと止めといて」と正哉はベッドから言った。

「はい、もう一度様子を見てね」と妙子は言った。

「料理のメニューも考えないといけないし、それじゃあ、今の所を八月頃には辞《や》めなければばならないし…これは大変だ」と正哉は考え込んでしまった。

妙子は冷蔵庫から白ワインを出して来て、グラスを用意していた。アスパラガスを茹《ゆ》でて細く切り、オニオンスライスをパラッとのせ、同じようにチェダーチーズを細く切ったものをお皿に盛り付けていると、正哉がベシャメルソースを作って、サッとかけてくれた。ほほ肉の煮込みは、お皿に盛っても湯気が上がっていて、パンの用意を待っているようだった。妙子がキッチンの方に呼んで、向かい合って食事をとった。肉汁と赤ワインがうまく解け合っていて、パンと白ワインに合っていた。

「正哉さん、このメニューもいけるんじゃない？」と妙子はスプーンですくって食べていると、「妙子さん、このポタージュおいしいね、どこかで習った？」と正哉は聞いた。

「ううん、お料理の本で…私のは大体そう」

「そうかぁ、多分これからポタージュも習うと思う。その時は妙子さんのと、ミックスしたものを作りたいな…」とつぶやいていた。

「正哉さんの部下になる人の募集とかは、もう依頼する所は決まっているの。後ね、良い人だったら登録制も考えられるけど、これればかりは募集してみないとわからないし、部下の人が他のホテルと掛け持ちも困るだろうし…」と妙子は言った。

「まあね、妙子さんが僕に力をつけさせようとしてくれてるのはわかるから、僕も今後の方針として、そう言う予定を立てておこうと思う。この赤ワイン煮込みも、お料理候補に上げていいんだったら、そうしたいな」と正哉は、ほっとした様子だった。これからの事を考えてもキリがなく、二人はもう少しワインを飲んでソファーで休んでいた。

人材募集の広告は新聞と、求人誌に載《の》せる事になった。妙子が全てに目を通す事になっていて、料理人の方は正哉にもお願いする事にした。その為に正哉はそれから休みの度に、妙子の部屋に来る事になった。二人で新しいメニューを考えようと、ノートを作りお料理の試作もやってみた。

「最近、二階のカフェのコースターがカラーになったと思ったんだけど、妙子さんがデザインしたんだって？」と正哉は言った。

「ええ、ローズガーデンを見に行ったりして、やっと出来た嬉しさはやはり、何ものにも変え難いものがあって…それとね、今バラの飴を依頼してる所があるの。従業員でやって頂ける所をやっと見つけて、だから正哉さんにも食べてもらえると思うから…」

「そう、そんな商品開発まで次々と、大変だなぁって思う」と正哉は煙草に火を付けた。

「ホテルで生活してると喉《のど》が乾くから、それで飴を考えたの」と言って、妙子はソファーにゆっくりと腰を降ろした。

「妙子さん、尊敬してる」正哉は妙子の手を握り、妙子の口に軽く接吻した。

若いいぶき

数枚の履歴書を読んで、部屋のテーブルに重ねておいた。社員は求人広告を見て、マリンリゾートってどんな建物ですか?どこに建てるのですか?と言う質問をしてきた。妙子はホテルからの場所の説明をして、うまくいけば十月初め頃でお客様の行き来も多くなるから、先輩として気を引き締めて下さいと注意した。こちらのホテルと違って、温泉室、シアタールーム、水族館の部など新しい事業展開があり、怖いようなワクワクする所があった。最上階担当の板倉正哉には、昔電気設備工事の経験があり、最上階に電気関係に強い人がいてくれれば…と言う希望は、かなえられていた。今で十数名の応募者がいるので、料理人以外の後は、人事課へ面接を依頼し立ち合う事になる。七月末まででどれだけ集められ、決める事が出来るか、妙子は頭を悩ませたがおそらく順次出会っていけば、輪郭《りんかく》はつかめてくると自信を持った。

カントリークラブからのご紹介で予約が入る事が多く、四階の通常のシングルルームは割と利用度が多かった。この暑い中でも着物を着なければならなく、帯も軽量のものを捜した。こちらのお客様が疲れて帰って来られる頃に、ロビーで出会ってご挨拶すると、「星沼オーナーから聞いてましたよ、いい人だって」と言うお言葉を掛けられると、大変有難く思い、「これからは近くの観光用バスも、考えておりますので、またご利用下さいませ」と深々と頭を下げた。お客様は、「また九月頃来れるかな…」と言って荷物を抱えようとされたので、ベルボーイが手押し車を持って来てお手伝いしてくれた。星沼の顔が浮かんだが今回は、御礼状をお送りする事にした。

フロント係の山波と言う女性が、「御上さん」と呼び止めたので、近づいてみるとその女性は急に笑顔になって、「あのう、先日の短期大学から夏休みの語学研修のご予約が入りました。良かったなぁって皆で言ってて…」と言ってくれたので、妙子は自分で予約を勝ち取った喜びをかみしめていた。今年は七月二十一日から二十七日までの一週間で、生徒数が三十二名で教授が六名の三十八名の予約が取れた事は、この夏の大変な喜びだった。後はしばらくセミスイートとツインルームの間で、ベッドの近くに履き物を脱いで上がれるスペースのある、従業員の中では「瞬采《しゅんさい》の間」と言われているお部屋を、お薦めしてみようと皆で話し合った。

何とか飴が間に合いそうだったので、客室業務部までが、お部屋に人数分位は置くように心掛けてくれた。しばらく試作品の餡を休み時間に嘗《な》めてもらっていたが、やはりまず客室に…と言う意見が多く、お客様思いの良い従業員だと妙子は感心していた。また八月の三日から十二日までの十日間は、星沼からの連絡でテストに合格している四名の女性が、合宿としてクラツボを使わせて頂きたいのですが…と言う意向を言われて、ゴルフと言うものは優雅な男性向けのものと思っていたのに、そんなにまだ十九歳とか二十歳位の若い女性が、プロを目指す為に寝起きを共にする姿が、かいがいしく思えた。当ホテルに信用を見出《みいだ》して下さったのだから、三日から十二日の間、ほろ酔い気分のお客様などからガード出来る様に、客室係と接客係にも連絡をしておいた。

学生の夏休みが始まり、海水浴をされるお客様も増えて、フロント係はよくロビーまで出て道案内をしていた。着替えは海の近くで出来るので、水着姿を見掛ける事はなかった。神奈川からの短期大学生は、割と長い目の休み時間はカフェで過ごしてくれたり、また教授とお茶を飲まれたりしてなかなか勉強熱心で優雅な感じだった。ホテル側も研修用のメニューを考案して、メニュー表を学校側にご送付していた。その為、お料理が大体決まっているのなら安心と言うイメージを与えたようだった。教授は四名が日本人の男女で、他の二名は外国人の先生だった。三階の宴会場の小さい方で食事をされていると、日本語よりも英語の方が会話が多いように思った。後半はフランス料理とか中華料理も食べてみたいと思われたらしく、希望者はお店の方に行かれた。女生徒達はホテル内をいろいろ見学されて、ブライダル関係のパンフレットを持って帰られる姿も見掛けられた。

「やっぱり、ウェディングドレスにはあこがれるわねぇ」とお友達と話している時は、どこかあどけなさがあるが、英語でてきぱきと話をされている時は、どこか大人っぽい感じがした。やはり全員で三十八名様になると、観光用バスも臨時で発車させなければならなく、研修が予定よりも早く終わった場合などは、急なバスの手配にフロントも、あたふたしていた。でもどこか最終日など教授の先生からは、「安心して研修に打ち込めました」と言う、とても嬉しいお言葉を従業員と共に聞くと、人に尽くすサービス業が、ほっと何かにくるまれたような安堵感があった。

そのような中で、新しい従業員の採用試験も順次行われていた。正哉も料理人の面接時に立ち合われる事になり、この人にはこんな質問を投げかけたいと言う内容をしぼってもらっていた。八月の初めにゴルフセットをかついで、とてもよく日焼けをした女性達が来られた。四名なので、ああ星沼さんからのご紹介の…と思いながら近づいていくと、「カントリークラブからの紹介で、寺山の名前で取ってもらっています」とその中の髪を後ろで結んだ女性が言った。

「はい、お伺いしております。ようこそ、おいで下さいました」と妙子は言って、その中のひとりの女性の荷物を持ってあげようとした時に、フロントの中から女性従業員が二、三人どやどやっと急いで出て来て、愛想良く持ってあげている。もっと早く出て来るように、と妙子は後で注意をした。寺山さん達は四階のツインルームをご予約だったので、女性従業員がご案内していた。従業員の休みを分散しようとすると、ベルボーイがいないのに、出勤している感覚になったりした人がいたので、シフト表をよく見て男性がおられない所は、女性が対処していると言う事柄をミーティングで再び徹底した。

ゴルフの練習は朝九時から始まり、ゴルフクラブとバッグを持っておられるので、ワゴン車で送迎するサービスをとっていた。フロントでどんなご様子かを尋ねてみると、「毎日洗濯物があるわ…」と嘆いていた様子で、当ホテルのクリーニングであれば次の日に出来ますと言う内容をお知らせしたらしい。食事もゴルフ練習も考えて、新たなセットメニューを作り出して、それは今の所好評らしく若さあふれる感じだった。ただ同じ部屋に十日間もと言うのは、ストレスも溜まる事と思われるので、どうかと思案していた所、パンフレットのこの部屋はどこですか?と聞かれて、五階ですと答えると後の五日間はそうしてみようか?と言うご意向になられて、「瞬采の間」に移られる事になった。

次の日は、妙子も一度寺山さん達に付いて行ってみようと思う程打ち解けていて、朝の八時頃から出掛ける用意をしていた。

「御上さんは、ホテル内に常時おられるんですか？」と言う質問など、カフェでご挨拶をしたりするとされて、「それだったら安心です」と元気良く言われた。そんな事で話が合い同じワゴン車に乗った。女性達がウオーミングアップをしている間に、星沼が来て、「ようこそ、この暑い中」と言って、部屋に入って来られた。

「いつも本当によくして頂いて、有難うございます」と妙子はポロシャツとスラックスのいで立ちでご挨拶した。

「また今日は、スポーティーな坪倉さんを見るなぁ、まぁ今日はごゆっくりと」と星沼は言って、フロントの方に何か言いに行かれた。

「寺山さん達は、若くて溌剌《はつらつ》としていて熱心ですね」

「ああ、ええ、今回のテストに合格した子はいい子ですよ。ところで、あの建物はね、クラツボのオーナーのものだと聞いたんですけど、ホテルですか？」

「あのう、そうではなく、温泉や水族館など、ご家族で楽しんで頂ける所を作りたかったんです。これから騒音などもあるかと思いますが、どうぞよろしくお願い致します」と妙子は手元に置いていた、手土産を渡した。

「いやぁー、いつもいつもすみません、そうですか、野心家だなぁ、坪倉さん、僕は感心しますよ。どうぞコーヒーを…」

「はい、本当にこちらこそ有難うございます」と妙子は御礼を言った。アイスコーヒーの氷は、今日解けるのが早いように思えた。ゴルフコースに向かったテラスで、話をしていると風も時々、いっぺんに吹いてくる。

「坪倉さん、僕はいい人と出会ったなぁ」と星沼は妙子の手に触れた。急に手を引くのも今後のお付き合いがあるので、しばらくそのまま考えていた。自然に星沼の手は離れ、何かを考えていたようだった。

「星沼さん、今日は日頃の御礼を申し上げたかったのと、今後の騒音の事もご理解頂きたく、まいらせて頂きました。私は今日はこれで失礼させて頂きます」と妙子はお辞儀をして、女性達の方へ行った。星沼は妙子のスタイルの良い、後ろ姿を眺めていた。

城ヶ崎海岸駅の新居

正哉は今までのホテルでも実力が発揮され、先輩からもスープの幾つかを習っていた。八月の末までで辞めなければならないとなると惜しむ声もあったが、これも正哉の出世と思ってシェフ達の理解があった。妙子は十二日に、ゴルフの女性達が帰られてから面接も忙しくなったが、正哉の家の片付けも気になっていた。

「正哉さん、私ね、初めて来させてもらったんだけど片付いている方ね、ちょっと安心したわ」と妙子が言うと、「うん、後は本の片付けとか…そんな感じなんだ」と正哉は、お弁当のパックを片付けながら言った。

「正哉さん、今日ね、今後の住まいの事もあるし、ちょっと一緒に行きたい所があるの」

「どこ?それって」正哉は煙草を吹かしながら言った。

「あのね、川奈と海洋公園」

「そうかぁ、まぁ、まだ車もあるし…、じゃあ、そうしようか?」と正哉は手早く煙草を揉み消して、準備を整えた。

川奈の不動産屋に着くと、正哉は自分のこれからの住まいの為だったのかと、富戸近くのアパートを捜してみた。正哉は妙子の部屋があると、のんびりしていたようだが従業員の手前もあり、どこかを決めてもらうように勧めていた。妙子はそこで以前、星沼とバイオパークに行った際に城ヶ崎海岸駅付近が気になり、どこか良い物件はないかを見ていた。そして係りの男性に、地図のこのあたりなのですが、そこの土地は扱っておられるかどうかを聞いてみた。男性は、「ええ」とうなずいて、「普通の住居をお考えですか?」と尋ねた。

「はい、大体今考えていますのは、三十六坪で三階建てのイメージを持っています」と妙子は前もって正哉にも打ち明けないまま、不動産屋との話になった。正哉のアパートの事もあり、また後日来る約束をしてその日は帰る事にした。正哉も二つのうちのどちらかを決める予定だった事もあって、また今後の従業員も住居捜しをする場合、富戸とかも候補に上がる事になるだろう。御上が付近の状況を知らないとは、あまりにも不自然に思われると言う話を二人は車の中でしながら、城ヶ崎海岸駅の方面へと車を走らせた。

「正哉さん、私ね今ちょっと新しい土地を考えているの。だからね、一三五号線を下田方面へ行ってもらえる？」

「うん、そのあたりに行けばわかるんだったら…」と正哉は何の事かと、けげんに思いながら言った。二十分程車を走らせると、「正哉さん、このあたりでちょっと止めて」と妙子が言った。妙子はカメラを用意して、降りてから思う所をカメラに収めた。正哉は何の事かをあまり聞いていなかったが、ここの近くにアパートがあれば…と言う所があった。

「お店もいろいろありそうだし、妙子さんはセンスの良い所を見つけてるよ」と正哉は他人事のように言っていた。妙子にとってはそれどころではなく、頭の中には玄関を入ってからの間取りが描かれていた。

「正哉さん、私達の新居はここを考えてたの」と妙子が言うと、正哉は、「そうか、妙子さん、本当にあちこちの事があって、気持ちの休まる間がなかったんじゃないか？」と言って、再び二人は車に乗り、海洋公園へ向かった。

海洋公園の駐車場に着くと、水しぶきと子供達の賑やかな声が響いていた。

「海沿いにプールがあるみたいよ。家族連れだったら、夏休みにこんな所に来るのかも知れないなぁって、お客さんを見て思ってた事があるの、いつか来たいと思ってたわ」とプールを見降ろしながら妙子は言った。

「ああ、それで海洋公園って言ってたんだなぁ、ちょっと大分を思い出す所がある」と正哉は相模《さがみ》灘を見渡しながら懐かしくなっていた。二人はお花畑を通って、しばらく散歩していた。

「暑いわねぇ、どこかお店に入りましょう。今日一日で、真っ黒になる」と妙子は頭に手をやっていた。

「うん、そうしよう。もう暑くて…」と正哉は服に風を通そうとしていた。

店内はクーラーがとても利いていて、店に入ると頭に冷気が入って一瞬ぞくっとした。席に着くと温度差で頭がボーッとしたが、持って来たペットボトルの水を顔にあてた。

「大丈夫？」と正哉は聞いて、アイスコーヒーを二つ注文した。

「正哉さん、ケーキを半分ずつでも食べましょう」と妙子が言って、パウンドケーキをカットしたものを注文した。

「妙子さん、今度の就職に関しては、父ちゃん達にも報告をしたんだけど、行く行くマリンリゾートがオープンしてからは、多分こちらに来ると思う。その時はクラツボに泊ってもらうし、妙子さんの事も紹介しようと思うから…妙子さんはそれでもいい？」と正哉が聞いた時に、アイスコーヒーとケーキが運ばれて来た。

「ええ、勿論、お会いしたいわ」妙子は何度か汗を拭いていた。

「その時はね、友人ではなく結婚相手として紹介したいと思うから…ね」と言って正哉はパウンドケーキを半分食べた。妙子は暑さと思いがけない事で、汗が胸をつたって流れるのがわかった。しばらくぼんやりとしていて、「有難う」と言った。

正哉はその後、富戸のアパートを確保した。そしてもう一軒の一戸建ての説明をした時には、正哉も気に入ってくれたようでまた今の状況では従業員の目がいつもあるので、妙子の部屋が新居と言うのは、あまりにあざとく思われると言う話をすると、正哉もわかってくれた。また妙子の方も次の引っ越しで五回目になると、もうそろそろ一戸建てで、末永く住める所を考えたい気持ちだった。正哉との話し合いで新居の土地は四割程、負担してもらう事になった。そして車の方も、兄の成哉《せいや》に相談する段取りになった。仕事の休みの時は、面接にも立ち合ってもらって、正哉の部下の候補も十名位は決まっていた。九月二日からは社員研修が始まる予定で、研修員の先生達はカリキュラムの作成などにも追われていた。

　マリンリゾート部門の社員研修は、五十八名でスタートした。前の研修員の先生が多く、クラツボの三階の研修室は活気に満ちていた。朝九時から午後四時半までの研修で、ホテル部門より一時間多い分、前へ進むのが早いように感じた。レストラン部の男女十名は、喫茶部の十二名と、四、五階の休憩室担当の十二名とで挨拶の練習など接客の基礎を習っていた。妙子は最上階を希望する人に、「店が少しずつ、動いていきますが大丈夫ですか?」と尋ねてみた所、「高い所も好きなので、大丈夫だと思います」と言う返事が多くあったので良かったと一安心していた。水族館の部の五名には、水族館で扱う魚の事を書いた冊子を配り、覚えてもらわなければならない内容も多くあった。建築士の三上に水族館の水槽の容積などを伝えると、魚の種類なども聞かれる位、大きな値になったので、図解するとやっとわかって頂けた。

　入り口を入って左側に喫茶室があり、店内の両サイドに何面も続いている水槽がある。お客様達が座席に座ると、頭より一メートル位上に横続きに魚を見る事が出来るようになっている、と言うそんな説明をしたので、魚ではジンベイザメとマグロとトビウオで下には大きなカメを希望した。喫茶室を出ると熱帯魚の水槽などがある、エンゼルフィッシュなどの美しい熱帯魚を見て頂けるスペースを用意していた。喫茶室と反対側は店内の水槽が続いているので、しばらく待っていると、店内で見たジンベイザメがまた出て来るようになっている、とそのような話をして、水槽やその中の魚類の手配まで引き受けて頂く事になった。喫茶部も、「お客様から何の魚かを聞かれても、わかるようにしておきます」と言う前向きな考えだった。またこちらが考えた店内の設計を、気に入ってくれた従業員なのでとても嬉しかった。

正哉とは、そんな事を話していた。新居の方…と気になっていると、先日も川奈の不動産屋から聞かれた時に、マリンリゾートのオープンを待たずに手を打っていても…と言う話になり、九月十六日に契約の手続きをした。富戸のアパートも過ごし易《やす》い所で、それで新居の方も話がうまく進められたのかも知れないと妙子はそう思った。

マリンリゾートのオープン

広報部はまだ従業員が足を踏み入れた事のない、マリンリゾートの建物を妙子と一緒に見廻っていた。

「一階の天井が高くなっていて、中央に筒形の水槽があって、二階を見ている人の様子までわかるようになっていますね」と三戸と佐藤と言う女性は、しきりにメモを執《と》っていた。まだ館内は塗装の臭いが強く、今はまだ外装に取りかかっている。設置したてのエレベーターに乗り七階まで上がった。レストラン部に入ると二人は、「わぁーっ、相模《さがみ》灘の眺めはいいですねぇ、ここが十分で少しずつ動いていくレストランですね」と、また続けて書き込んでいた。

「ここのお薦めのメニューだとか、料金だとかはまた、料理主任にお尋ね致します」と言って、筆記用具をしまった。

「御上さん、皆人間関係もスムーズそうだし、情報誌に載ったら、これはヒットしますよ」と三戸は心強い事を言ってくれた。

正哉も後の時間が空いていたので、七階のレストラン部を見てもらっていた。元電機設備の人だっただけに、大変めずらしい造りだとほめてくれた。

「電機設備に詳しい人が店内にいたら、お客様は安心だと思う。だから私は前から、正哉さんに来てもらいたいと思ってたの」と妙子はしおらしく言った。

「そうかぁ、有難う。僕もいろんな仕事をしたけど、実って良かったと思うよ。漁業組合にいた経験も、魚の仕入れとかでも役に立つから…」と言って、二人は手をつないだ。

「そろそろオープンの準備ね」

「うん、部下達もこちらの要求したものは出来るようになってるし、レストラン部の男女を鍛えてもらってるから、有難い」と正哉は日頃の御礼を言った。十月の海はいつもより広くて、静かで二人の心をきっちりとつなぎ合わせた。

研修の後の休みが終わり、従業員達は館内のそれぞれの部門についた。魚達も水槽の中に美しく収まり照明が入った。従業員達はポケットからメモを取り出して、説明文を暗記したりしていた。そのような中で、マリンリゾートは十月十七日にオープンした。一階には、カントリークラブのお客様からのお花も飾られた。ご来客の中に星沼と三上の姿も見られ、妙子も次々と応対に追われていた。一階の喫茶室が満員なので、妙子は星沼を七階に案内した。その日は平日で窓際が空いていた。女性が案内してくれて、星沼と向かい合わせに座りコーヒーを注文した。コーヒーはすぐにきて、星沼と海を眺めながら話をしていた。その時、正哉が厨房から出て来て妙子の方を見た。見知らぬ男性の後ろ姿で一瞬誰かと詮索《せんさく》したが、誰かはわからなかった。妙子は礼儀をわきまえながら星沼と今後の話をして、コーヒーを飲み干した後、席を立つ仕草にも爽《さわ》やかさがあり、正哉はふと安心して二人が帰るのを見送った。

　休日はご家族連れが多くなり、水族館部の男女もお客様の応対に追われていた。三階のシアタールームの時間調整の為に、一、二階におられる人達だとか、四、五階で温泉を楽しまれるグループだとか、そんな休日の寛《くつろ》ぎ場所を作りたかったので、ご家族連れが楽しそうに帰って行かれる様子を見ていると、正哉とも手を取り合って喜びたいような気がした。最上階のレストランのご優待チケットだとかを、広報部も考えてくれたので、ここ二ヶ月位はこれで様子を見てみようと言う企画をしていた。

　正哉の父母と兄の成哉が浜松から車で、クラツボに来られたのは、十一月初めの頃だった。妙子は着物を着てご挨拶をした。三階の結婚式場の応接室での出会いは、板倉家との出会いを決定的なものにした。正哉の父は信治と言って、長年浜松の漁業組合におられただけの事もあって、よく日焼けされていて骨のある人だった。妙子は少し亡き父親を思い出した。正哉の母は正子《しょう》と言って、家庭料理の上手そうな気働きのするお母さんだった。正哉はひとりひとりを丁寧に紹介してくれて、最後に兄を紹介した。兄の成哉は父とは別の所で、漁業の仕事をされているとの事で、今回は車を正哉に譲ると言う心積もりで来られたと聞いていていた。父親は、「あのう、まさか正哉が自分の面倒をよく見てくれる人で、ホテル経営をしてる人が、女性だとは思わなかったぁ、びっくりしたなぁ」と言っておられた。

「正哉が、行く行く一緒になる人を見てもらいたいって言うから、今日は楽しみにして来たんです。本当に優しそうで芯の強い人…」と母、正子は妙子を上から下まで眺める様子で見ていた。

「有難うございます。正哉さんとは河津で知り合ってから、随分力になってもらっていました。これからも末永くお願い申し上げます」妙子は今後共と言う気持ちを込めて、深々とお辞儀をした。

「有難う。妙子さん、妙子さんは自力で頑張れるタイプだから、僕なんかは簡単なアドバイスをする位だったと思う。自分以外に頑張ってる人が、もうひとりいると思ってもらった方がいい」と正哉はそんな所がさっぱりとしていた。

「まぁなぁ正哉、今までのいろんな仕事を理解し、生かせる所を与えてもらったんだから、頑張れ」と兄は背を叩いた。妙子との会話は弾《はず》み、妙子は日本料理店へとご案内した。

六階のセミスイートの居心地は良いようで、お兄様も妙子が設計した事に、とても感心しておられたらしい。二泊位は出来そうだとおっしゃっていたので、久しぶりのご家族旅行を楽しんで頂きたい気持ちだった。妙子が部屋に帰った後、ご家族で今後のエンゲージリングの事や、新居の事など打ち合わせをされたようで、新居の土地も明日にでも見に行かれるらしい。妙子は仕事でご一緒は出来ないが、正哉が主任の代理を立ててご両親達を案内していた。

ご婚礼係の連絡では、「オープンした後の謝恩会に来られた女性の中で、ご婚礼をされる方の予約がありました」と喜ばしい報告があった。それにしてもお若いのに、よく決心されたと妙子は思っていた。ご婚礼係も四階のエステティックサロンのブライダルコースをお薦めしたりして、何とバラの花びらがちらほら舞い込むような優雅な気持ちになった。正哉にその事を告げると、「何か、ほのぼのする気分になれる話だなぁ」としばらく悦に入った表情だった。

「妙子さん、僕の家族はこれからの門出を祝ってくれてる。後は妙子さんのお母さんのご了解を得る事だって、言われたから」と正哉は言ってくれた。本当にご理解のあるご両親で、正哉よりも年上と言う事もわかって下さって、妙子にとって有難くとても幸せな気持ちに包まれた。

二人の門出

クラッボの広告はマリンリゾートと並んで、情報誌の中でも目立っていた。十二月と言う月は何か女性を特別な気分にさせるらしく、妙子は部分エステ三十分コースだとか、忙しい女性にも気に入って頂けるサービスを考えていた。文化サロンに来られた方が、他の店を見て廻られて予約を入れられるケースも多いので、足を運ばせるような催しをするしか方法はない。二階のカフェのお客様からは見えない所で、今後の業務計画を立てていると、文化サロンやエステティックサロン帰りの女性客が、「十一月からは、肥えやすいわぁ」と不満をもらしていた。それでいてケーキを食べておられるので、両方満足される事を考えてみると、文化サロンの中にモダンバレエとメイクアップ講座を増やしてみようと思った。一ヶ月から三ヶ月の講座は人気があり、それに伴ってカフェやレストランの客数も増えるので安定したサービスにつながる。

先日、久しぶりに兼崎から電話があった。その後どうされたのかと思いながら、次の建物のオープンもあり、それどころではなかった。文化サロンで着物のはぎれで小物入れを作る講座があったので、それに来て下さったらしい。生憎《あいにく》マリンリゾートに出向いている日だったので、申し訳なく思っていた所、もし良かったら…と言う話になり三階の研修室でお話する事になった。お会いしてから今までの旅館の方も、今年で終了される事がわかった。結局、市から言われていた旅館の営業期日も二年程余裕を見てもらっていると、これが潮時と思われたらしい。

「あなたみたいにね、勢いに乗ってる人には申し訳ないんだけど、取りあえず皆にも今年こちらに来た後、告知していろいろ方向を決めてもらったの、山園さんは料理店の希望があればこちらでも…と言う意向を打ち出していたし、川見さんは六月に退職されたりしてそれと多川君は、伊東のホテルを希望されたとかで、もう十月には決まっていたし…その人に付いて、田中菜津子も伊東を考えているらしいの。だからね、あなたに会うのはもう今年の方がいいと思って…」と兼崎は説明してくれた。

「そうだったんですか、それで崎岡さんは？」と妙子は少し気になった。

「ああ、あの人はね、多分郷里《きょうり》の富士に帰ると思う」

「そうなんですか、いろいろお世話になって、何かやはり、そちらで鍛えられた事も随分為になったと思っています」

「それとね、崎岡も気になっていたらしいんだけど、あなたあの、星沼さんに言い寄られてるんじゃないの？」と兼崎は活発に聞いてきた。

「うーん、あのう、お客様をこちらに紹介して下さったりして…、大変そう言う意味でお世話になっています」

「うん、そう、まぁね、それならいいんだけど、崎岡がね、四十歳台の頃星沼さんの所でゴルフをしていたらしいんだけど、今年プロテストに合格した子だとかで、毎年そんな事を聞いてた時代があったらしいの。だから坪倉さんを考えてみても今度は同じ事を聞くと思うから、迷わされずじっくりと…と崎岡はね言ってたの」と兼崎は、くすっと笑った。

「そうですか…、わかりました。兼崎さん、どうされたんですか？」と妙子も少し笑った。

「あのね、だからあなたも知ってるように、ギックリ腰になった時でも、ゴルフをよくしてたから…とは言えないと思って、続けようとしてくれたらしいの、ふふっこちらは布団の上げ下ろしが原因と思っていたのにね」兼崎は、どんな状況になっても毅然《きぜん》とした人だった。

「兼崎さん、来年にまた必《かなら》ずお会い出来るように、私頑張ろうと思います」

「まぁ、まだ慕ってくれて、あなたって本当にいい人ね」と兼崎の言葉は少し涙声になっていた。妙子と兼崎は握手をした。そして、妙子はロビーまでお見送りをした。

七階のラウンジは平日の夜など、昼間のあわただしさを慰めてくれるようなそんな大人の空間だった。六十席もある中でお客様は所々におられたが、気分転換を兼ねて妙子は正哉との席を設けた。二人が窓側のテーブルに着くとキャンドルが置かれた。正哉はハイボール、妙子はワインクーラーを注文した。しばらくするとオードブルが出てきて、おなかがすいていたので、二人は黙々とサラミやチーズを食べていた。アルコールが入ると、じわっと体の中で解け合い、手羽先のから揚げや、ジャーマンポテトを二人は交互に食べて、これから来年に向けての事を話し合った。

「正哉さんは、結婚式とか披露宴をどう考えてる？」

「うーん、出来たら四月頃でもいいかなぁ、ここだったらどれ位になる？僕の方は三十名位、妙子さんは？」正哉はポテトをつまんでいた。

「私の方は、あまり多くないけど、三十名を一度考えてみるわ」妙子は今後は私事でも大変忙しくなると覚悟して、挙式後妙子が不在になってからのセキュリティを考えていた。

二人はほろ酔い気分になり、今の所全てが順調に行っている事に、どこかうっとりとした気持ちになった。あたりはもう真っ暗になっていて、キャンドルも二つ目に交代した。キャンドルの明かりは、正哉の顔を揺らめかせた。ほんのりしている時に、ピアノ演奏が始まった。

従業員のクリスマスイベントは今年は、初めての経験になるマリンリゾート部門を呼んでの、百二十人にも及ぶ大規模な催しになった。忘年会と新年会がない分、開催してもやり甲斐があり、従業員との歌とゲームもあってなかなか華やいだひとときだった。

年が明けてから、妙子は新しい着物を着て幾人ものお客様をお見送りした。お正月プランとして、五階の「瞬采の間」とお食事のセットや、六階のセミスイートルームのご宿泊のご優待セットなど目的に応じて多数揃えているので、お正月と言っても静かなものではなく、お客様の声で大変有意義なものになった。妙子は落ち着いた所で、正哉を連れて三島の母親の家に帰る事にした。正哉の兄の車は正哉にも合っていて、三島であれば…車で帰ってみようと意見が合った。正哉はエンゲージリングをプレゼントする気持ちで、用意を整えていた。

平日と言っても車で一時間四十分位かかり、母の家に着いたのは昼頃になっていた。母は幾日も前から買い物に出掛けたと見えて、母の手料理を久しぶりに頂く事になった。里芋などの筑前煮、鯛《たい》の粕漬け、わかめときゅうりの酢の物、呉汁とご飯がテーブルに並べられ盃《さかずき》で乾杯した。

「お母さん、こんなに数々の手料理を頂くなんて…初対面なのに、有難うございます」と正哉は挨拶の後、礼儀正しく言った。

「本当にお母さん、費用のかかる事ばかりで、新居位はこちらで何とかしようと思っていたのに、いろいろ心配を掛けてしまって…マリンリゾートの方も、この人に一階と二階、七階を任せる事が出来そうです。本当に有難う」と妙子は座ったまま、母に対して感謝の気持ちを述べて丁寧にお辞儀をした。

「うん、まぁそんな、いいのよ。二人共いろんな世間に揉まれて生きてて、それでいてこんな良い人でいてくれるんだったら、協力はしてあげなくちゃ」と母は快く言って、食事をしようとしていた。

「うちの母親も言ってたんです。妙子さんがこんなに苦労されても、さっぱりとされているのは、お母様もきっとそんなお方なんじゃない?と、この間クラッツボに家族で来てくれた時にも言ってました」と正哉は父親の事も語っていた。

「そうですか、私はお電話でお話させて頂いただけで…浜松にももう長くおられるのねぇ、九州から来られたと言う事もあったんでしょうけど、仲良しが出来て良かったと思った時があったわ」と母は妙子から、「みさき屋」時代の正哉の事も聞いていた。

「そうだったんですか」

「職場に大分の人がおられるの、と言う事は言ってたの。でもその人は修行の身でね、うーん、それと年下の人だし…と躊躇《ちゅうちょ》してたの、女性はそう言うものよ」と妙子は言った。

三人は食事をしながら、後は少し外出をしてみようと話していた。美術館でも…と母が提案して、車で出掛ける事になった。前に一度家族で行った事があると妙子は思うと、不意に父親の事を思い出した。正哉からは買い物が出来る所も教えてもらいたいと聞いていたので、母は百貨店の場所などを説明していた。佐野美術館内の庭園を見て廻り、重要文化財を目にすると、学生の頃の思い出までが甦《よみがえ》ってきたと見えて、妙子も母も少ししんみりした気持ちになった。正哉は、「重要文化財がある美術館って言うのを見る機会があまりないから、凜《りん》とした気持ちになったように思う」と感想を言ってくれた。母は感慨深くなっていたが、「そうですか、それなら良かったわ、何かこの子の学生時代とか、前に来た時の事を思い出してね、じゃあ、あなた達も用事もあるでしょうから、私は先に帰っておくわ」と言った。

「そう、本当に久しぶりで…来て良かったわ」と妙子は気を取り直して言った。出口まで三人でゆっくりと歩いていて、ふと母は、「あなたね、似合うものを選んでもらいなさいね」と笑顔で言った。

百貨店内の宝飾売場では、ダイヤモンドが両サイドにあって、中央にルビーがある指輪をはめてみていた。正哉はそれがいいと言っていたし、妙子もダイヤモンドだけよりも、かわいらしさがあって気に入っていた。それと結婚指輪をお互いに、はめてみて号数を確認していた。二つの小さなリボン付きの箱は幸せな様子で、袋の中に収められていた。正哉は着物を見た方がいいのではと思って、呉服の方を捜していた。妙子をリードして連れて行き、小紋の着物を見る事にした。

「うちの親がね、今考えている事があるんだけど、妙子さんの好みがわからないからって、一度呉服の方も、一緒に見に行ってみたら？と言ってくれたんだ」と正哉はそんな事を聞いていたらしい。

「あのう、私は仕事ではこんな感じの着物を着る事が多いんだけど…」と妙子は無地のものを見ていたりして、「それ以外では、こんな裾に模様が入ったものが、いいなぁと思ってる」と自分の好みを説明していた。

「そう、じゃあ、家で言ってたのはどちらかと言うと、お出掛けのイメージになるなぁ」と正哉は言って、大体の好みがわかり納得していた。

妙子の家に帰ったのは、もう夕方になっていた。ホテルとは違って海岸が近くにないので、部屋は暖まっていた。妙子は母に正哉から買ってもらった指輪を出して見てもらった。

「まぁ、かわいらしくて上品で、本当に良かったわねぇ、本当に有難うございました」と母は座って正哉に御礼を言って、深々と頭を下げた。妙子は自分の娘をお願いしますと言っている姿に見えて、じんわりと胸にしみ込むものがあった。

「お母さん、いいんですよ。今までお互いに新しい所に慣れては、また変えたりで落ち着かなかったから、僕の職場まで作って頂いて、もうそれだったら、おまえの納得のいくようにしろって、おやじからも言われてましたし…」と正哉は今後の事も考えて言った。母はうなずいて涙を隠した。妙子は気分を変えようとして、お茶と和菓子を出して来た。そして妙子はその後、婚礼係から説明を受けた婚礼プランのパンフレットを出して説明した。かれこれ二時間位かかり、夕食の時間になってしまった。泊るつもりではなかった所もあるが、その日二人は一緒にいた方が良いと思ったのと、次の日もお休みと言う事もあって宿泊する事にした。

帰ってから二人は、婚礼の準備に内々で取りかかっていた。正哉は来賓をどうするかを考えてみると、どうしても昔の「みさき屋」の親方だった川瀬哲次を呼ぼうと、なぜかしら気になっていた。何度か考えて、手紙を出した後に川瀬から連絡があった。

「ほうーっ、元気そうだなぁ、今は〝オテルドクラッボ〟と言う所にいて、料理主任とは恐れ入った、ほう、坪倉が経営者か、そうか、努力家はいつか自分で実を付け実らせる。そう思うぞ、〝かわや〟の磯田にもいい所を紹介するように言ったけど、それも良かったなぁ、湯ヶ島のホテルまでびっくりしてたらしいぞ、なぁ正哉、フランス風が実ったなぁ」と電話口で川瀬は涙をこらえているような声だった。正哉は、「よく自分を見抜いて下さって、有難うございました。新しい店で先輩から足を蹴《け》られた時も、面倒を見てくれたのは妙子さんだったし、頼りになるお姉さんと言う感じだったから、ずっと一緒にいたいと思ったんです」と今になって初めて、いきさつを打ち明けた。

「そうかぁ、それでおまえは次男だろう。坪倉の名前になるのか？」と川瀬は聞いたので、正哉は、「自分としては、そのつもりでいます」と答えた。川瀬は、「ああ、その方がいいだろう。坪とか財があるものをもらっとけ、板はもう板に付いてるから、いいだろう」と、ははっと笑っていた。川瀬が洋風を見抜いてくれなかったら、今ここにいないかも知れないと思うと、正哉は川瀬に対して大変有難く、涙がしみいるような気持ちになった。

妙子は婚礼係の予約受付ノートを見ていると、四月であってもいつでも披露宴の時間が夕方までだと、かちあってしまう事が多い為に、お客様に良い時間は譲って、妙子は午後六時披露宴開始で宿泊ご優待券付きを考えてみた。婚礼係もそのような場合も確かにありますと言って、予約者の名前の所へ坪倉妙子と書いていた。知り合いか誰かのご予約を頼まれていると、解釈されていたらしい。でも、まぁその方がまた発表を正式にさせて頂くので…と思ってそのままにしていた。

ブライダルの予約も時おり入るらしく、経営者としてはとても華やいだ気持ちになる。ただエステティック部門の予約状況を見てみると、ブライダルコースは宣伝も良いのか、需要があるのに式場予約と釣り合わないのはどうしてなのかを、ふと考えていた。エステティックの山川と言う女性従業員は、アンケートで他のホテルで式場予約をされている場合、自分の名前でも婚礼プランのパンフレットを取り寄せてみようかと言っていた。妙子はとても熱心な女性だと思って、こちらの雰囲気が良かったのと、あなたもいい人だったからだと思うと励ましの言葉を掛けた。女性は恐縮して、「そうですか?」と言って妙子は、「あなたは初々しくてベテランだから、私もどんなお肌になるか、あの、ブライダルもやってみようかしら」と週一回のコースをうまく予約した。これもお客様とは出会わない時間を、うまく選べるようになっていたから、最近はこんな方達が来られていますと言う情報も得る事が出来た。

エステティックに、オープン時のお客様も来られていると言う状況からすると、やはり二月の催しで、バレンタイン手作りチョコレートケーキの一日講座をやってみようと言う決心がついた。三月はホワイトデーもあるので、レモン風味レアチーズケーキを考えていた。講師の手配をしなければいけないので、製菓部のリーダーの鈴沢秋彦に頼んでみようと思った。レモン風味の方は正哉をはずそうと思っていたので、鈴沢のチームに打診《だしん》してみた。料理主任の板倉先生はどうですか?と聞かれたが、この婚礼も近い時に…と思って、うまく製菓部に引き受けてもらいたかった。

正哉に聞いてみると笑っていたが、製菓部に一度作ってもらおうと言う話になり、それから決定する事にした。正哉は来賓の事とか、自分の担当する「ラジェット」のメニューの研究で、「かわや」時代の友人田屋がいる伊東のホテルを訪れてみたくなった。ここに来たのは一年半ぶりかなぁと思ってみると、あの頃はまだ風呂へ入っても、蹴《け》られた足の傷が痛んだ事を思い出した。田屋の休み時間を見計らって正哉は出掛けた。ポークカツレツを注文して食べていると、厨房の仕事の段取りがや、聞こえていた。ポークには二種類のハーブが使われていて、さっぱりとした香りで味付けされた後、衣が付けられていた。これも田屋が作ってくれたんだ…と思いにふけって食べていると、田屋は普段の服装で出て来た。

「ああ、いつもの味、おいしい」と正哉が言うと、「そうかぁ、久しぶりだなぁ、今日は後で俺の後輩を紹介するからな」と田屋は言って向こうに行った。正哉が食べ終わる頃にまた出て来て、「いいか?ちょっと」と厨房へ案内した。

「正哉、この子が最近入った子で多川と言うんだ。正哉わかるか?」と田屋が聞いた時、何か随分前に見掛けた顔に思い考えていると、「あの、〝かねざき〟の?」と正哉は富戸港で、妙子の傍《そば》にいた姿を思い出した。

「そうだ、確か俺も一緒にいた時、その時におまえがショックを受けてたんだけど、この多川も後半年後に結婚するんだ。相手は〝かねざき〟の住み込みの人だったらしい」と田屋は下を向いてしんみりと言った。

「正哉、気にするな。ワゴンを貸してやってデートもしたんだろうけど、この子に取られても、また新しい子が見つかったんじゃないか?」と田屋は勝手に解釈して、勇気づけようとしてくれた。

「ははっ、あのね田屋、僕はこう言った方が早いと思う。坪倉妙子さんと結婚する事にしたんだ。富戸の〝オテルドクラッポ〟のオーナー」と正哉は自信を持って言った。

「おまえも富戸港で見た人だ」田屋はそう言われると、「うーん、こいつは年下から慕われてる感じがするのはする。多川、相手の名前は?」と聞いた。多川は用事をしていた手を止めて、「田中菜津子と言います。正哉さんですね、あのう、坪倉さんに伝えて下さい。坪倉さんの努力とアイディアだったら、いい経営者になれるから、〝かねざき〟のみんなも応援していますと伝えて下さい」と堂々と言った。正哉は住み込み時代の様子が不便で、気の毒だったがそれを知って、それを経験した人が応援してくれている。こんな喜ばしい事があるのかなぁ…と胸がキュンとなってしまった。

「有難う、妙子さんに伝えるよ。それと今まで妙子さんを見守ってもらって有難う、これからも、二人で頑張るから。あんたも頑張って、僕は根性がある人だって聞いてたから」

と正哉は多川を激励した。

「おう田屋、もう少し落ち着いて話したいから、ちょっと」と正哉は言って、先程のテーブルに戻った。田屋は早がてんしてきまりが悪かったが、正哉が渡してくれた招待状を丁寧に受け取っていた。

正哉が帰りに妙子にどうしても今日の事を、告げたかった為にクラッボに寄ると、無事挙式を挙げられたお客様も、花嫁衣裳から洋服に着替えられた時間だったらしく、妙子は自分の部屋に戻っていた。部屋には正哉のご両親からのお着物が届けられていた。

「正哉さん、今日届いたの。とっても素敵、袂《たもと》と裾《すそ》にオレンジの模様が入っていて、とても気品があるの。有難うございました」妙子は深々と頭を下げた。

「そうかぁ、もう届いた?良かったたぁ」と正哉は椅子に腰掛けた。

「妙子さん、今日ね思わぬ人に会ったよ。多川と言う男性で、今伊東のホテルにいてね、僕の元同僚の後輩になってる。それでその人もね、田中菜津子と言う住み込みだった人と結婚するらしいんだ。それでこれからも応援していますよ。頑張って!と言われたんだ」

「そうだったの、いろいろアドバイスしてくれて…でも正哉さんに似てるね、洋風までやろうとする所、偉いわ」

「うん、根性があるし、妙子さんの事を気に入ってたと思う」

「そう？私ね取りあえず、御祝いをお送りしようと思うの。いいでしょう？」と妙子が聞いてきたので、正哉は、「うん、その方がいいな」と答えた。

いつまでも一緒に

招待状の発送も終わり、挙式の打ち合わせで婚礼係からも、一度ご本人にお越し頂けます様に、お願いしておいて下さいと何度か言われた。朝礼をチェックアウトまでに催して、連絡をする方が良いと思った。二月のバレンタインの催しも、若い女性達から年齢層は様々で、三回開催する程の盛況ぶりだった。モダンバレエの講習会が目に留まれたらしく、「見学は出来ませんか？」と言う問い合わせがあったので、即座に体験講習会の日を作る事になった。三月のレモン風味の方は、鈴沢先生の推薦で森野と言う男性が担当する事になった。アシスタントは広報部の女性が付いてくれる事になり、何となくほのぼのとした講座になった。

ホワイトデーも終わった頃、朝九時に「オテル　ド　クラツボ」と、マリンリゾートの社員全てを集めての朝礼と連絡会が行われた。クラッボの三階の宴会場は、みるみる人であふれんばかりになった。整列して頂いてから、妙子は当ホテルがオープンしてから一年がたち、その業務実績と経営理念の見直し、どこまで自分がやってきたか自己分析をしてもらう事と、後は今後の営業時間の変更がある部門の報告と、最後に、「私事ではありますが、この度、板倉正哉さんと結婚する事になりました。永年の縁を大切にしてきて、良かったな…としみじみ思っています。尚新居は別の所にあります。挙式は四月二十八日で、披露宴もこちらで致します。そしてその後、二人はしばらく仕事をしまして…五月のゴールデンウィークを過ぎてから、二人の生まれ故郷の九州に出掛けます。では、こちらでご挨拶の方を…」と妙子は正哉に合図した。正哉は正装した服装で、「皆様、マリンリゾートの七階〝ラジェット〟の料理主任を務めています、板倉正哉です。この度、坪倉妙子さんと結婚する事になり、感無量の気持ちでいっぱいです。これからは、坪倉主任と呼んでもらえる様に頑張っていきたいと思います。これからもどうぞよろしくお願いします」と皆に挨拶をした。妙子は突然の決心の言葉で、胸が熱くなったが気を強く持って拍手をした。従業員からも歓声が上がり、熱い拍手が送られた。二人は拍手を受けながら、二人揃ってお辞儀をした。後程、一年をふり返っての感想などを書いて頂こうと、皆に用紙が配られた。そしてその後は、二人の不在時の引き継ぎ者の紹介と、御上の部屋の隣にも常駐して頂く事があると言う計画まで伝えていた。

「御上さん、すみません。まさか御上さんの事とは思わなかったもので…」と婚礼係は大変申し訳なかったと、お詫《わ》びの言葉を数名述べていた。ブライダルコースが利いたのか、妙子の肌も指輪もいつもより輝いていた。

　文化サロンの四月も、やはりケーキ作りがあるのですかとの質問が森野からあったが、妙子は別の予定を考えていると言っていた。四月の傾向からすると、カフェの客数も多いのでどうしても、ケーキのセットなどが多く出るようになっているので、何か食べ物とは別のもので女性の心をくすぐるようなものが受けるように思う。そのような考えから、今年はブーケ風手作り手鏡と言うものを考えてみた。中央にカラー粘土で作ったバラの花が三つあり、葉を乗せて専用ボンドでくっ付ける。スプレーで固めた後、レースにギャザーを寄せて手鏡の縁《ふち》をかがっていく。そうして二時間半位で仕上がる。その講座で募集をかけてみた所、八名位は何とか早い目にうまった。

　その頃妙子は婚礼衣裳を選んだり、ウェディングドレスの試着をしていた。新居もほぼ完成していて清掃を業者に頼んでいた。以前謝恩会で見掛けた人は、もう立派な社会人になられて、会社の人を連れて会食に来られたりすると大変嬉しい。ロビーで出会った所、「昨年の手作りアクセサリーに、参加してみたんですよ。皆からかわいいって言われたわ。

また食事にも来ますね」と妙子の事を覚えていてくれた。妙子はマリンリゾートの案内をして、七階の「ラジェット」もお薦めした。少しずつ動いていくと言うのが、若い人にも従業員にもめずらしく思われた。情報誌にもそんな記事が載って、正哉まであまりの忙しさに、レジの管理まで日曜祝日などは携《たずさ》わっていた。店内係の沼地と言う部下も接客に追われていた為で、店内には様々な番くるわせがある。正哉はそれから妙子に習って、紙をお札よりやゝ大きい目に切り揃え、三十枚程作って、銀行員の新入社員のように何回も片手で数える練習をしていた。

二人は無事に結婚式当日を迎える事になった。午後一時から二人は、それぞれ別々の部屋で髪の毛のセットなどの準備を整えていた。午後三時半の挙式では、美しく清らかな白無垢《むく》姿を披露した。二人の指には結婚指輪がはめられ、皆の祝福を受けた。そして六時からの披露宴が始まるまでの一時間半で、ヘアースタイルを整えたり、メイクアップや着付けを行った。披露宴会場は、両家の来賓で七十名になり、華やかなムードに包まれていた。

経営者が花嫁なので、司会者も考慮しながら進められていた。まず二人の挨拶から始まり、板倉家は川瀬哲次、坪倉家の方は兼崎道子の祝辞があり、二人の永年の努力家ぶりが伝えられた。友人の代表である田屋元成《もとなり》も、その後、洋風にめざめファイトを燃やした勉強会の事などを伝え、後は西洋料理部門のリーダーの寺崎も、正哉が創作料理を提案した事について述べて、次に日本料理の久沼が祝辞を述べた。

「御上さん、板倉主任、ご結婚おめでとうございます。今までのお二人のなれそめと、今日まで築いてきた努力と成果が、出ているんじゃないか…と思っています。御上さん、実はね、私も料理の勉強と思って、宿泊をして修善寺とか伊東とかへも行ったもんです。あれはね、えーっと二年位前だったか兼崎道子さんの旅館に行った事があったんです。それで夜遅くになって、何かないですか?と尋ねた所、おにぎりがあるっておっしゃって、じゃあと言う事になって食べてみた所、味噌味で故郷の味で、めずらしかったなぁ、何となくそれで故郷に帰ったような気分になって、もう一度やってみようと家庭料理から、日本料理へ移りました。随分前に残りのご飯をおにぎりにしなさいと、御上さんに言われた時に、見本のおにぎりを作って頂きました。それが兼崎さんの所のと同じで、びっくりしました。御上さんを見てるとね、言えなかったんですよ。でも今は、晴れて御上になられたんだし…今までの結晶はいろいろあると思います。本当に有難うございました。これからもよろしくお願いします」とずっしりと聞かせる祝辞だったので、涙をハンカチでぬぐう姿も見られた。拍手がしばらく続いていたが、司会者も涙をこらえ、今度は妙子の短期大学時代の友人のスピーチになり、最後に両家の挨拶があった。その間、妙子はお色直しを二回して、イブニングドレス姿で最後を飾った。来賓のお見送りの時、兼崎が、「坪倉さん、美しさにより磨きをかけて頑張ってね、ご招待有難う。外で崎岡が待ってるから…」と言った。妙子は、「有難うございました」と御礼を言って、何人もの来賓をお見送りした。

川瀬は正哉の業績を讃《たた》え、友人の田屋とも懐かしく話をされていたと見えて仲が良さそうだった。川瀬は、「今後店を考えるんだったら、坪倉夫婦に相談するぞ」と言われたので、皆から笑い声がもれた。

「そうですかぁ、またその節はよろしく」と正哉も笑顔になった。隣で妙子は、「親方、これからも初心を忘れずに、従業員の教育も心掛けたいと思います。有難うございました」と深々とお辞儀をした。そして二人は、それぞれの親に労《ねぎら》いの言葉を掛け御礼を言った。妙子の母は、一通りご挨拶に…とその日は右往左往していた。ふと見ると外のソファーに崎岡がいてくれた。

妙子を見ると、駆《か》け寄り、「あなた、本当にきれいな花嫁さんね。写真を撮ってあげるわ」と妙子をカメラに収めた。妙子は崎岡の腰を気遣っていたが、もう最近は落ち着いているらしい。

「また、写真を送ります。じゃあね」

「崎岡さん、どうかお元気で…崎岡さんから教えて頂いたお料理を、是非作らせて頂きたいと思います。有難うございました」と妙子はなぜかこの時、「かねざき」は終了したんだなぁ…としんみり思った時、涙がこぼれた。白い手袋は少し涙で濡れていたが、仲間と雑談している正哉を待っていた。

新居への荷物もうまく収められたので、挙式の後の一通りの用事が済んでからは、七階のスイートルームで休んでいた。マンションの三LDKを思わせる間取りで、部屋のランプにぬくもりがあった。二人はこれまでの日々を労《ねぎら》い合い、赤いワインで乾杯した。

「僕ね、星沼さんともお話したよ。何かホテルの宣伝をうまくして下さってたみたいなんだ。でもこの機会と思って、別のカントリークラブの方ともお話をさせてもらったからね」と正哉はチーズをフォークで食べている。

「うん、そうだったの、なかなか皆につかまってしまって、こちらに来れなかったでしょう。でもまさか〝かねざき〟に来られた人が、ここの従業員になられるとは…ね」と妙子はベッドに座って勢い良く横になった。

「本当だなぁ、味って言うのは本当に覚えられるから、クラツボの味とそっくりになってしまっても困ると今は思ってる、その久沼がね、行く行くこちらにも来ると思う。妙子さんの事を思って、黙っててくれたりする所なんていいやつだなぁ…」と正哉も後ろにごろんと横になると、妙子は、「正哉さん、肥えるわよ」と腰を叩いた。二人は海の音と遠くの船の音を聞きながら眠りについた。そして次の日は支度を整えてから新居へ帰った。

ゴールデンウィークに入ってもまだ、おめでとうございますと言われるので、仕事に入っているから気を遣わないで下さいと妙子は言った。その間にも花嫁さんを見送る事があり、自分の挙式を思い出すとまだ疲れがあった。正哉の担当する「ラジェット」も引き継ぎの指導で忙しく、閉店時間を夜八時にしているので、二人が新居に帰るのは九時頃になる事が多かった。それから夕食になると体にも負担がかかるので、結局夕方に厨房のおにぎりをひとつもらって食べていると、御上さんって素朴なんですねぇと言う目で見られたりして、最後にはいつもおにぎりにたどり着くんだなぁ…と少し笑っていた。三日目にはお味噌汁を出してくれて、これで格好がついた。家に帰り、酢の物のサラダと煮物を作って待っていると、炊きたてのご飯も間に合いそうなのでスイッチを入れておいた。ご飯が炊き上がる頃、正哉は帰って来て妙子と一緒に食事をとった。このままのペースだと十二日に出発は出来そうだとの見込みはあり、レジの管理なども、もうひとりの女性を養成して付いていてくれるようになった。妙子は新婚旅行と言っても、三泊四日になるのでそれを考えて、帰って来てから不便のないように心掛けていた。二人は旅行鞄を整え、宿泊先のホテルのパンフレットを見ていた。

宮崎の夕日

出発当日は晴れていて、部下達がワゴン車二台でお見送りをしてくれる事になった。一三五号線を三島方面へ向かって行くと、やはり野菜の仕入れをしておかないと…と言う話になり、思ったよりも遅くなっていた為に急きょ二人は、伊豆箱根鉄道に乗り換えようとして車から下りた。そして部下六名からそんな形ではあったが、お気を付けて…と見送られて伊豆長岡駅から乗車した。最初からそれでも良かったが、途中まででも気持ちが通じた。

妙子は母に電話をしてみたくなって掛けてみた所、母はお見送りをしてあげると言って三島駅で待ち合わせをした。大体時間通りで母は待っていてくれた。母からは、「長旅になるけど気を付けてね」とジュースを二本もらった。母は正哉にも、「体に気を付けて、よろしくお願いします」と深々と頭を下げた。正哉は、「わかりました。そう思ってこちらも大分で一泊する事になっていますので、大丈夫ですよ」と心強く言ってくれた。母に見送られ二人は新幹線に乗った。約五時間二十分後に博多に着き、特急に乗り換えて佐伯に着いた。列車続きで頭がぼんやりしたが、ここが正哉の里と思うと身が引き締まった。近くのホテルで宿泊して、次の日に宮崎へ行く時間を確認した。正哉の元の家は、外から見せて頂いただけでも嬉しかった。荷物をホテルに預けていて、母校とかなじみのある所を案内してくれて、より一層正哉とは身近になった。

朝になり、夜に握っていた手ははずれていた。そこは良心的なホテルで、朝食を部屋まで持って来てくれた。トーストを食べながらいつもの習慣でなぜか時間が気になっていた。「正哉さん、今日からね、私の事妙《たえ》って呼んでね。いつまでも、妙子さんって言われると悪いわ」と妙子が言うと、正哉は、「うん、そうだなぁ…夫婦だし、そうしよう」と笑顔で、スクランブルエッグを食べた。そして旅の思い出をカメラに収めて、二人は宮崎へ向かった。

特急で二時間位で宮崎に着いた。宮崎の海岸沿いのホテルは、妙子の思い出の場所で親戚との会食や、ゴルフにも初心者ながらお付き合いがあった。妙子の従姉妹《いとこ》は二人いて都城に住んでいるが、結婚の知らせを受けた時に、もう三十歳になるので日南《にちなん》の方で、旅館か何かを経営したいと言う手紙を妙子によこした。大体の場所を聞いているので、車で二十分位だと思う。そう思いながら、部屋に旅行鞄を置きハンドバッグを持って正哉と出掛けた。妙子は時間を気にしていた。正哉は日頃とはまた違った妙子を写真に撮り、清々しい気分に包まれた。

「ここの空気も、僕の体に合ってるみたいだ」と正哉は言って、妙子の腰に軽く手を置いた。

「妙《たえ》、本当に奥さんって言う感じになったな」

「ええ、勿論仕事の時とは違う。また別の女性でいたいと思う。さぁ、もうそろそろホテルに…」と妙子は急いだ。あたりにオレンジ色の空気が広がってきたような、そんな気がしたかと思うと、妙子は正哉の手をとってホテルのロビーに帰った。

「妙、何で急ぐんだ？」

「うん、夕日、夕日が見える時になったの」と妙子は喫茶室に座り、コーヒーを注文した。

しばらく話をしながら、夕日が地平線にある状態を二人は目にして目を閉じた。雄大な空、ゴルフコースの緑は、夕日のオレンジ色をより一層引き立てていた。コーヒーが運ばれてきても二人は外を見ていた。

「前に来た時に決心したの、この夕日はいつか一緒になる人と見るって。何年も前に決めた事が実現したの」

「そう…か」正哉は優しくうなずいた。

「人生、時を待つって大事ね。そう思う時になったんだと思う」

「そうだなぁ、夕日を待つようにか…」と二人は語らい、少し冷めたコーヒーを飲んだ。

著者プロフィール

堤 一寿穂（つつみ いづほ）

2月27日生まれ
大阪府出身、在住
2011年『遙かかなたから見渡せば‥』（文芸社）刊行

女一代奮闘記

2013年6月15日　初版第1刷発行

著　者　堤 一寿穂
発行者　瓜谷 綱延
発行所　株式会社文芸社
〒160-0022　東京都新宿区新宿1－10－1
電話　03-5369-3060（編集）
03-5369-2299（販売）

印刷所　株式会社フクイン

ISBN978-4-286-13710-0